# Dans le mur

**Ahmed Rabah**

# Dans le mur

LE LYS BLEU
ÉDITIONS

ISBN : 979-10-422-4663-1

*Pour ma mère*

*Le sourire est un fleuve ouvert sur l'immensité.*

Gérald Gaudet

*Je suis à Bordeaux…*

*Je vois l'homme que je suis devenu – épuisé, qui pleure si facilement, chassé à coups de pierres – un homme sans asile. Ils me prennent sous les aisselles pour me soulever. Je leur crie : « Non, attendez ! Deux minutes ! Laissez-moi dans ma nuit ! Lâchez-moi, bon sang ! Je vous en prie ! » Pff ! Je me mets à pleurer ; je me souviens de l'enfant que j'étais à O. : contrairement à d'autres enfants, je ne pleurais presque jamais.*

*O. est un village au pied du mont Ouarsenis en Algérie. J'habitais avec ma famille dans la dernière maison, à l'ouest du village, après un tas de baraques où vivaient les sinistrés du tremblement de terre d'El Asnam. Notre maison avait du crépi ; il y avait une grande cour ; le toit était en tôles de fibrociment. Les étés étaient moins chauds que ceux d'aujourd'hui ; des flammes et de la fumée s'élevaient du maquis pendant des jours ; les premières pluies de l'automne exhalaient l'odeur de la terre en friche. Au printemps, les sentiers de sable et de caillasse étaient couverts d'herbe sauvage.*

*L*a guerre civile arrive dans notre région en 1990, la nuit, alors que je n'ai que six ans.

Un détachement de militaires investit notre village pendant de longs mois.

En janvier 1991, dans le froid vif, des paysannes, devant les campements militaires, n'arrivent plus à se tenir debout. Elles veulent revoir leurs fils arrêtés les jours précédents. À l'époque, tous les paysans sont accusés de terrorisme. Un gars, costaud, aux longues jambes dans un pantalon sale et ajouré, probablement de retour d'un chantier, dit aux femmes : « À beau jeu, beau retour ! »

À la maison, ma mère, en colère, dit : « Elle approche ! » Elle parle de la rumeur de la guerre. Elle regarde vers le nord, comme si le danger ne pouvait venir que de là. C'est la première fois que je vois ma mère avoir peur. Aujourd'hui, lorsque je discute avec quelqu'un de plus jeune que moi, je demande toujours : « Est-ce que vous avez connu la guerre ? » Comme si connaître la guerre allait définir tout le reste…

En juin 1992, le président Mohamed Boudiaf est assassiné à Annaba. Nous sommes assis derrière nos pupitres. La salle de classe sent la peinture fraîche ce jour-là. Le professeur nous dit que le Front islamique du Salut sauvera la patrie des mains du diable. Il l'a dit en arabe littéraire.

À l'école primaire, nous apprenons, en plus de l'arabe littéraire, les mathématiques, le dessin, l'histoire et la géographie. Nous sommes des Arabes et nous sommes musulmans. Nous apprenons à aimer l'Algérie, notre chère patrie, à glorifier le F.L.N., notre sauveur, et à haïr les Français. Je vais, en plus de l'école publique, à l'école coranique depuis mes quatre ans.

Les incidents dans le dortoir de cette école nourrissent nos bavardages d'enfants : vols, agressions, abus de garçons plus jeunes. Les Cheikhs nous préviennent de ne pas aller dans le dortoir des jeunes hommes. Si un enfant des gamins avec qui je joue me dit que mes parents font, quand ils s'enferment seuls dans la grande chambre, ce que font les jeunes hommes à l'école coranique, je lui jette des cailloux. Il fait froid. Le grand figuier perd ses feuilles. Nos cris peuplent la cour. Nos petits pas raclent le sol cimenté, nous jouons à la marelle et aux billes. Je souffre d'une maladie des yeux. J'ai les doigts engourdis par le froid. J'ai le nez qui coule. Je porte un bonnet en laine colorée. Une poignée de billes est cachée dans la doublure de ma veste.

Lors des couvre-feux, les gardes communaux patrouillent dans le village et nous crient de rentrer chez nous. Nos mères nous appellent du seuil de leur porte : « Rentrez, rentrez, il fait nuit. » Il y a des cauchemars, la peur, des pipis au lit. Il n'y a pas de lumière dans nos rues. Il y a des détonations, des affiches de menaces des Frères musulmans, des enlèvements et des morts. Les parents sont en deuil. Les familles s'exilent. Il y a de fréquentes coupures de courant, la télévision qu'on ne capte presque plus.

Des hommes malades et des femmes esseulées errent dans nos rues, ils chiquent, à peine articulent une phrase ou se souviennent de quoi que ce soit. En crise, ils pleurent, crient et nous pourchassent. Le médecin passe régulièrement à la maison, mon père est malade. Ma mère soliloque dans la cour et pleure souvent dans la cuisine. Nous n'en pouvons plus. Mes frères aînés n'habitent plus avec nous. Mes oncles ont quitté la région. À la télé, Miriam Makeba chante « *Je suis libre en Algérie* ». Dix ans plus tard, j'écris sur le mur des toilettes à l'Université d'Oran : « Makeba libre ; et nous (prisonniers). »

Dans ses « bons jours », ma mère nous raconte des histoires d'ancêtres qui réclament à boire avant de mourir… quand elle ne pique pas des crises de colère et ne distribue pas des gifles. La daronne a la main lourde. Mon père ne dit jamais rien. Il est depuis toujours vieux et malade. Il est absent de notre vie. Il ne nous parle presque jamais, à mon frère Saïd et à moi. Nous ne devons pas lui adresser la parole, même si nous désirons quelque chose. « Votre prose le fatigue ! » prétend ma mère. Non, elle le crie sur les toits.

— M'ma, on a vu un chien noir (le petit voisin a le même) dans le coin, et on aimerait l'adopter. Elle va parler à mon père. Saïd ronge ses ongles, s'assoit par terre. Ma mère revient. Jamais nous ne saurons ce qu'ils se sont vraiment dit.

— Non, il a dit non pour le chien, nous répète-t-elle avec un œil dur. Saïd se met à pleurer. Il se roule par terre comme un poisson hors de l'eau. Nous n'avons jamais eu notre chien, parce que Saïd a baissé les bras, parce que ma mère ne voulait pas de chien à la maison.

Saïd a désormais un VTT bleu avec de gros pneus. Il ne sait pas faire de vélo, moi non plus. Il a demandé à un petit voisin, qui sait en faire grâce à son père (jeune et sportif), de nous montrer. Nous n'avons pas cette chance d'avoir un père jeune. Mais notre père est doux, tendre, il ne nous crie pas dessus, il ne nous donne pas de gifles.

Ma mère est une femme triste et renfrognée. Ses cris s'entendent parfois de la rue, du moins dans mes souvenirs. Elle menace de partir et de ne jamais revenir. Elle nous dit : « Un jour, je partirai et ne reviendrai jamais. » Saïd et moi sommes terrifiés à l'idée de ne plus la revoir. Je pense souvent à cette peur de rentrer chez nous et de ne plus y trouver ma mère.

Septembre 1994, Cheb Hasni, le chanteur de raï, le Rossignol, est assassiné à Oran. Il avait 26 ans.

Janvier 1995

Ce n'est pas un rêve. Un après-midi (je ne me rappelle pas le jour exact), je rentre de l'école, traînant les pieds. Je retarde mon arrivée à la maison. Mon stylo à bille a coulé dans la poche de mon tablier ; on peut voir la tâche bleue même de loin, parce que ma veste est ouverte (la fermeture éclair ne fonctionne plus). Je ressasse ce que je vais pouvoir raconter à ma mère.

Je ne suis pas certain s'il pleut ou pas. Je vois notre rue, la voisine et ses fils. La voix de ma mère, comme un mugissement, cogne mes tempes comme des gifles. J'accélère le pas. Des petits voisins curieux s'immobilisent devant notre porte, attirés par les cris sûrement. Saïd est en pleurs.

Je me mets à courir vers la maison. Je ne comprends pas ce qui se passe chez nous : la grande porte est entrebâillée, mon père est évanoui dans la cour, à même le ciment, ses vêtements mouillés. Il a plu toute la matinée. Notre cour est découverte en cette saison, car la vigne du toit aux murs n'est que tiges noueuses à l'écorce rugueuse…

Les cris, les visages embrunis, l'odeur du café torréfié ce jour-là. Tout me revient. Tout.

Tandis qu'on s'entraide pour relever mon père évanoui et le porter dans sa chambre, une petite dame dit : « Il se remettra ! » Je ne peux pas la reconnaître derrière son voile. Demain, il sera sur pied, tout le monde le dit. Je me retrouve à psalmodier une prière. « Il se remettra ! » répète la petite dame. Ma mère ne croit pas à ses paroles. Je le vois bien.

Il fait chaud dans la chambre ; le chauffage au gaz est allumé (il reste allumé tout l'hiver). Un appareil tout noir (je ne sais ni d'où il vient ni quel âge il a), les livres sont sur la table basse, avec des pages marquées, des livres que mon père n'a pas encore finis, une vieille malle où on garde son stylet de roseau et son encrier. Des livres aux feuilles jaunies et aux bords déchirés. Il ne laisse plus d'argent dans la malle depuis qu'un cousin a forcé la serrure, et elle ne ferme plus.

Je suis sur le seuil de la porte, pétrifié par l'angoisse. Je n'écoute personne. Ma mère ne répond pas aux questions. Je ne l'entends pas quand elle m'appelle. Je suis comme un naufragé qu'on vient juste de secourir. Une main sur l'arrière de ma tête me secoue. Ma mère m'aide à retirer mon cartable et m'envoie chercher mon grand-oncle, l'oncle de ma mère, un ancien combattant, un septuagénaire aux moustaches blanches. Il nous fait peur, à Saïd et à moi.

Je suis sorti en courant de la maison. Je ne sais pas quelle rue prendre. Il y a un raccourci dans lequel je ne m'aventure jamais ; il y a un chien méchant. Je cours en me demandant si mon père va mourir. Il souffre de maux de tête, mais je ne sais pas qu'il est si malade.

Ma mère a caché ça longtemps, elle a espéré que les choses allaient s'arranger toutes seules. On doit faire appel au médecin. « Cours chez Assal », grommelle notre vieil oncle. Seul médecin dans le village, Assal a aussi la charge de la circoncision des petits garçons. Il pue le tabac. On dit qu'il boit la nuit. Il ne porte pas de blouse et accueille lui-même ses patients. J'arrive chez lui, essoufflé. Je bégaye (je bégaye à l'époque) : « M m m mon père est malade. » Il me laisse dans le couloir. Je crois qu'il m'a reconnu tout de suite, son visage allongé crispé. Je l'entends répéter le nom de notre rue. Il me tend son gros cartable et enfile un blouson en cuir. Le cartable est lourd. Quand nous arrivons à la maison, le grand-oncle est là. Le médecin nous congédie de la chambre. L'attente est longue…

Mon père s'endort après l'injection. La crise semble passée.

Ma mère veut que les garçons (mes frères aînés) ignorent ce qui arrive à notre père, pour ne pas perturber leurs études. Ma mère a toujours protégé mes frères aînés. Quand ils viendront à la maison à O. pour seulement quelques jours durant les vacances universitaires, ma mère les ménagera : « Ce n'est rien, je ne voulais pas vous inquiéter. »

Dans la rue, je croise une voisine que j'ai reconnue de loin. Elle me demande des nouvelles de mon père. Je baisse les yeux et fixe mes chaussures. « Je n'en sais rien, moi », je grommelle et m'éloigne. Elle me traite de fils à sa mère.

Ma mère ne me dit rien à propos de la tache bleue sur la poche de mon tablier.

Il y a sur la chaîne TV1 (Algérie), entre deux chansons de Kamel Messaoudi, une info sur des meurtres ou des fusillades…

Hiver, 1996

Aïd s'ennuie. Il est le fils du directeur de notre école primaire. Il a un an de plus que moi et il est un peu maboul. Il m'attend dans l'ombre de l'amandier au bord de la route.

Il me regarde m'éloigner.

— Ahmed, viens jouer !

— Non, j'attends mon cousin.

Il me lance des cailloux.

— Tu t'arrêtes ?

— Je t'emmerde, 106…

— 106, toi-même.

Il attrape son sexe à travers son pantalon.

— Suce-moi.

J'ai envie de lui casser la gueule.

Je vois mon cousin qui longe le mur de l'école. Il vient chez nous. Il vit à quarante kilomètres. Je vais à sa rencontre. Rabah est en troisième et dans son bled, il n'y a qu'un collège, fermé cette année à cause de la guerre car tout le monde est parti. Il ne reste que quelques paysans qui ont du bétail et ne veulent pas le vendre.

Rabah a quinze ans. J'en ai treize et demi. On échange un sourire. Il me donne son cabas à porter et garde son cartable sur le dos. Il étire ses membres engourdis.

Quand ma mère lui demande s'il se souvient du chemin pour la maison, et si sa mère (la nièce de la mienne) s'inquiète toujours pour lui comme quand il était petit, il penche la tête en souriant.

Il me demande si je sais attraper les chardonnerets avec de la glu. Je fais non de la tête. Il me traite d'imbécile. Il me dit qu'il me montrera les bonnes techniques, et les terrains de chasse.

Depuis, je ne le quitte pas d'une semelle.

Il nous achète au souk du vendredi, à Saïd et à moi, des confiseries et des nougats. J'achète trois toupies en bois, une pour chacun de nous. Saïd est aux anges. Des toupies peintes en jaune avec un sillon au milieu pour enrouler la ficelle et lancer la toupie sur le dallage de la cour.

Nous débordons de joie en visant les lézards avec nos lance-pierres.

Nous avons connu l'insouciance de l'enfance, la joie d'aller avec les autres gamins à l'école, jouer à la marelle, aux billes, au football, cracher du haut du mur de la cour, nos cheveux flottaient dans le vent, attraper des chardonnerets et les vendre, nous étions inconscients et heureux, inconscients presque de ce qu'il arrivait autour de nous. Rien qu'en pensant à ces bons moments, j'ai les larmes aux yeux.

Nous traversons une friche pour rejoindre la route goudronnée. Nous nous entendons bien à la chasse.

Rabah reste en arrière.

— Rabah n'a pas de cœur, il tue les chardonnerets blessés.

— Il ne faut pas dire ça, Saïd, il imite juste les autres garçons.

Rabah court pour nous rejoindre.

— Je dois me débarrasser de celui-là aussi.

— Tu n'es pas obligé, relâche-le, il survivra peut-être.

Il ne m'écoute pas. Il lui tord le cou sans aucune pitié.

J'ai toujours pensé que le cousin aurait un bel avenir, mais la mort nous l'a enlevé deux ans plus tard. Il avait 17 ans ; il me restait de lui ses gribouillages à la craie sur le mur de notre cour.

J'en voudrais longtemps aux averses d'hiver qui ont effacé nos dessins risibles.

Sur la route goudronnée, je suis le seul qui ne parle pas. Je réfléchis. Saïd me demande à quoi je pense. Je réponds par un sourire. Je m'ennuie. Quelque chose ne va pas. Je ne sais pas quoi.

Je vends mes chardonnerets à cet idiot d'Osman, dix-neuf ans, pas grand, pas costaud. Il est assis dans sa 2CV, en short, la porte ouverte. Il me raconte comment il s'est blessé à la main droite. Il me montre la plaie. Il a fallu des points de suture. Il retire ses lunettes de vue pour les essuyer. Je n'écoute pas tout ce qu'il dit. Je veux seulement qu'il prenne mon jeune chardonneret au prix d'un adulte qui chante. Quand je dis que je chasse souvent seul le week-end, Osman semble réfléchir. Je ne sais pas à quoi.

Il prend mon oisillon sans négocier. Je fourre les deux billets dans la petite poche de mon jean et je m'éloigne en sifflotant.

Le soleil tape fort. C'est un jeudi après-midi. Saïd est retenu à la maison. Rabah est rentré chez lui pour le week-end. Je suis à deux kilomètres après le cimetière à la sortie du village, un lieu appelé le puits. Je viens de poser ma cage au pied d'un caroubier. Je m'essuie le front avec ma manche. Les voitures passent à toute allure. Devant moi, l'herbe est très haute, même sur les débris amassés par les crues de l'hiver. Je cherche des chardons en fleur où installer mes bâtons englués. Osman s'avance à travers le champ. Il vient vers moi. Il disparaît derrière un tas de pierres. Je ne le vois plus.

Il vient par l'oued. Il crie de loin. Je lui fais signe de se taire, la main sur la bouche. Il fait peur aux chardonnerets. Il s'arrête pour pisser. Je refuse de lui serrer la main.

On parle quelques minutes.

Il repart derrière un buisson.

Quand une main me prend soudain par la nuque, pris de peur, je recule et je tombe à la renverse. Je me relève promptement sans lâcher ma cage. Je n'ai pas entendu Osman arriver. La braguette ouverte, il tient son sexe, en érection, dans la main. Je comprends tout de suite. Je ne me souviens pas de ce qui s'est passé. Je le cogne avec ma cage, et je ramasse des cailloux. Je ne pense à rien. Personne ne m'entendra si je crie. Je lance des cailloux. Je ne sais pas où je l'atteins exactement : il se plie de douleur. Je donne des coups de poing, des coups de pied.

Il me frappe au visage. Mon nez saigne. Je lui mets un dernier coup dans les couilles et je cours sans regarder derrière moi. Mon nez double de volume et j'ai du mal à respirer. Mes oreilles bourdonnent. Le sang sèche sur mon tee-shirt déchiré. Ma mère va râler.

J'arrive à la maison. Énervée, ma mère me fait enlever mon tee-shirt. Elle menace de porter plainte.

— Je me suis battu avec Osman.

— Ça devait arriver.

— Il voulait prendre ma cage. Je ne l'ai pas laissé faire. J'ai cogné.

Je crains qu'elle soupçonne quelque chose. Je n'oserai jamais dire ce qui s'est réellement passé. On a assez d'ennuis comme ça.

Mon père m'appelle de sa chambre. Il veut me voir. Je répète à ma mère que je n'ai rien d'inquiétant. J'enfile un tee-shirt propre et je vais dans la grande chambre.

Ma mère s'assied sur le bord du lit. Je me colle au mur face à eux. Mon père baisse le son de la radio et se redresse.

— Viens montrer ton nez à ton père !

Je m'approche et penche la tête. Mon père passe sa main sous mon menton. Sa main est tiède et lisse. Il regarde mes yeux. Il touche doucement mon nez. Il ne me demande pas ce qui s'est passé, car ma mère est en train de tout lui dire.

— Rappelle-moi, c'est le fils de qui ?

C'est tout ce que dit mon père. Il est déjà fatigué. Il se détourne, recroquevillé sous ses draps.

Je suis retourné récupérer ma cage avec Saïd le jour même. Je n'éprouve rien d'autre que de la colère.

L'image d'Osman, le sexe en érection, ses mots grossiers me reviennent quelques jours plus tard. La scène de l'agression me poursuit, me met en colère. Je me bagarre à l'école et dans la rue. Je veux me faire mal. Il m'a fallu des mois pour me calmer.

Un garçon me crie dans la rue : « Osman t'a baisé, 106, 106, Ahmed 106 ! » Je suis devenu 106, dans mon quartier. Je dois vivre avec les sarcasmes de mes camarades à l'école : des verges dessinées à la craie sur ma chaise. « Putain, qui a fait ça, encore » ? » je m'énerve. « Parce que tu aimes t'asseoir dessus ! » une voix au fond de la classe me défie.

J'ai toujours dit que ça ne m'arriverait jamais. J'ai cru être à l'abri de tout ça.

Il doit être 22 h quand soudain la lumière s'éteint. Je regarde un vieux film dans le salon. La petite télévision Philips capte étonnamment bien. J'entends Saïd jurer dans la cuisine. Je cours vers la fenêtre. Je ne distingue rien dans la rue à cause de l'obscurité. Je tends l'oreille : le vent dans les arbres, le fracas d'une porte dans les courants d'air, sans doute à l'école, au loin résonnent les pleurs d'un nourrisson.

Ma mère fait irruption dans le salon, une bougie à la main :

— Viens !

Je la suis dans la grande chambre.

Mon père tousse.

Un peu plus tard, Saïd, en premier, dit entendre les tirs. Ma mère exige le silence. Quelques instants de silence pour que la peur naisse. Les sirènes des bâtiments des gardes hurlent maintenant. Les habitants doivent rester chez eux. Mon père a de la fièvre. Il arpente de long en large la chambre, les mains derrière le dos. On ne sait pas à quoi il pense.

Saïd et moi avons fini par nous endormir.

Je me suis réveillé vers six heures, un quart d'heure avant l'appel à la prière.

Tout le monde parle de la camionnette blanche garée dans l'allée du dispensaire du village, des corps étendus sur les galets, à moitié nus. J'y suis allé avec Saïd. Les infirmiers en blouses ne disent rien. Une vingtaine de personnes s'agglutinent derrière le grillage. Comme dans un zoo, elles se dressent sur la pointe des pieds, le cou tendu vers la scène, tous des adolescents bébêtes, deux ou trois hommes, il n'y a pas une seule femme.

Un corps n'a pas d'odeur de loin. Je croyais qu'un mort ressemblerait à quelqu'un qui dort, inoffensif ; qu'on pourrait jouer avec ; mais celui dont un infirmier tripote ce qui ressemble à un visage est effrayant avec la bouche grande ouverte.

J'ai des haut-le-cœur.

En mai 1996, le GIA annonce l'assassinat de sept moines séquestrés pendant des mois au monastère de Tibhirine.

Quelques mois plus tard dans ma région, onze gendarmes, six gardes communaux, le maire et son adjoint sont tués dans une embuscade.

Les enfants des victimes étaient dans la même école primaire que moi.

Le maire était le mari de notre professeur de français Madame M'cchri.

Elle nous dit plus tard : la disparition de mon mari me tourmentera toute ma vie.

Elle quitte la région quelques mois plus tard aux vacances d'été.

Été 1997, j'ai des boutons d'acné sur le menton, de longues jambes.

Il y a souvent le général Zeroual le soir à la télé.

Aïd reste quinze jours dans un hôpital à Chlef, à la suite d'une opération de l'appendicite. Il me reproche de ne pas être allé le voir là-bas. Un autre garçon avec son père lui a rendu visite. Il me dit qu'ils ont ri aux éclats.

Ce même garçon, dix ans plus tard, grand, costaud, violera un adolescent dans sa voiture et purgera sept ans de prison. Il est dans notre équipe de football. Il nous montre les magazines pornos volés à son père. Je les ai souvent entendus rire, lui et Aïd, de leurs branlettes ensemble dans les vestiaires du stade. Aïd veut qu'on fasse de même sans se poser de questions. Je répète que jamais je ne ferai ça et je me branle tout seul pour la première fois dans ces foutus vestiaires.

Ça pue la pisse et le chlore, je ne suis pas seul dans les toilettes du collège ; des garçons plus jeunes dans le couloir en interceptent un autre encore plus petit. Je les surprends en ouvrant la porte. Ils n'ont pas bougé. Ils le lâchent. Le petit garçon pleure.

Il ne va pas à l'école coranique.

Je l'ai croisé au collège, un petit garçon noir, timide et peureux.

Il est mort à l'hôpital d'Oued Rhiou quelques mois plus tard. Ça m'a touché plus que la vision des corps anonymes du dispensaire.

Parce que peu de personnes fréquentent ce petit garçon au collège, tous se demandent à quoi il ressemblait. Je peux vous le dire : un noir, aux yeux noirs et ensommeillés.

Je veux revoir son sourire sur une photo de classe. Je vais voir sa tombe au nouveau cimetière à la sortie du village. Il y a des gendarmes. Une pelleteuse creuse de nouvelles tombes. Le gardien du cimetière m'empêche d'entrer. Il n'est pas possible de sauter par-dessus le grillage.

Je rencontre Aïd de retour de la boulangerie. Il partage un croissant avec moi. Je garde ma part dans ma poche. Il m'amène au dispensaire pour voir la surprise. Je me souviens d'avoir crié : « Vroum ! Vroum ! Encore là camionnette blanche ! » Un infirmier parmi d'autres en blouse blanche manipule des corps. Le visage pâle, long, il baisse son masque pour cracher. Aïd dit qu'il le connaît. Il dit souvent qu'il connaît tout le monde.

Je cherche Saïd dans la foule. Il aura affaire à moi s'il est là. Je sens un corps d'adulte qui me pousse. Je ne dis rien. Je me fraye un passage vers le grillage. Je sors de ma poche mon demi-croissant. Je mange. Tout le monde me regarde.

— J'ai faim !

Je garde un œil sur les corps et les infirmiers. J'examine tous les détails.

— Il y a une femme parmi les morts.

J'ai dit une femme au lieu de dire un corps de femme. Ses cheveux ressemblent à de l'herbe sèche. Je ne peux pas dire s'ils sont teints. Elle porte un pantalon. Une étrangère. Chez nous, les femmes ne portent pas de pantalons. C'est interdit. Toute femme qui en a un se fait traiter de pute, d'allumeuse. Les hommes la draguent. C'est habituel.

La camionnette blanche est revenue au fil du temps. Elle ne cessa pas d'alimenter la curiosité et les potins. Il me semble encore les entendre. À la même époque, fin octobre 1997, la ferme de mon grand-oncle est partie en fumée.

C'est ma dernière année au collège.

Une heure d'histoire-géographie. Le prof nous explique l'invasion du Koweït, la guerre du Golfe et le communisme, ses voyages à Tunis, le président Habib Bourguiba, et pas un mot sur l'assassinat du président Mohamed Boudiaf en juin 1992.

La cabine téléphonique devant le bureau de poste a été enlevée par la mairie.

Ma mère nous oblige à tuer les poulets, Saïd et moi, elle dit : c'est comme ça qu'on devient un homme.

Saïd le fait avec dégoût.

Mon frère aîné m'offre mon premier baladeur et de l'argent pour acheter des cassettes. J'en achète (pas chères) à la vidéothèque du marché couvert, quelques-unes de Cheikh Abdelhamid Kichk (proche des Frères musulmans).

Mon oncle me confisque le baladeur deux semaines plus tard, à cause des cassettes de Cheikh Abdelhamid Kichk.

Je suis assis au café. Je ne saurais pas dire lequel. Aïd sent la crème à raser. Il parle de la femme morte du dispensaire. Tout le monde dit savoir quelque chose sur elle.

Elle est apparue dans mes rêves cette nuit. J'ai couché avec elle. J'ai sali mes draps. J'ai mordu l'intérieur de ma joue dans mon sommeil. Il y a du sang sur mon oreiller.

Je rends visite à Rabah à la campagne. Je prie Aïd de m'accompagner. Ses parents l'en empêchent tout comme ferait ma mère si elle connaissait mon projet. Je voyage dans un taxi, une vieille fourgonnette empestant le gasoil. Le voyage dure deux heures à cause des barrages de gendarmes. Je reconnais des gardes communaux en uniforme et en civil qui communiquent avec des talkies-walkies. Ce sont des voisins.

— Ta carte d'identité.

— On n'en a pas à mon âge.

— Pourquoi vas-tu là-haut ?

— Je vais voir mon cousin.

Un des gardes intervient pour qu'on me laisse partir.

Je ne l'aurais jamais imaginé si je n'y étais pas allé : le hameau vide d'habitants. Je peux entendre l'écho de mes pas sur le gravier des venelles envahies d'herbes sauvages. Un grand chien blanc aux poils long s'enfuit devant moi.

Rabah, en bleu de travail, tousse debout devant son ancienne maison familiale dont la porte est barricadée. Il est venu à mobylette. Il habite maintenant une vieille bicoque louée dans le village voisin, où il y a un campement de gardes communaux et quelques militaires.

Il me sourit. « Je suis content de te voir », me dit-il en me prenant dans ses bras. Je sens son corps contre le mien. Il a beaucoup maigri ces deux derniers mois. Ses cheveux coupés courts ne lui vont pas du tout. J'évite de lui en parler. Il avait les cheveux longs et gominés quand il habitait avec nous à O.

— Comment va ma tante (ma mère) ?

— Bien !

Il demande des nouvelles de toute ma famille. Il me demande pourquoi Aïd n'est pas venu avec moi. Je lui dis que ses parents l'en ont empêché. Rabah ne commente pas. Il appréciait beaucoup Aïd.

Je le trouve déprimé. Ça ne m'étonne guère. Je ne pose pas d'autres questions. J'évite de parler des barrages des gendarmes, de la peur que j'ai eue, de la camionnette blanche dans l'allée du dispensaire. Je ne parviendrais jamais à trouver les mots adéquats.

Il m'invite à nous promener dans le hameau. Il s'assied sur un muret en pierre. J' reste debout. Toutes les portes et les fenêtres des maisons sont barricadées.

Nous parlons beaucoup des soldats dans nos rues. Ils séduisent les filles. Ils jettent des tablettes de chocolat aux petits garçons au bord des routes.

— Aïd et moi jouons dans la même équipe de football.

Rabah passe ses jours avec son père. Il est apprenti maçon.

— Tu sais, il m'arrive de passer des heures sans manger ni parler à personne. J'apprécie la solitude.

— Et Aïd ne vient pas te chercher comme d'habitude ?

— Il a un autre copain.

Il se tait. Il se met à saigner du nez. Il me dit que ça lui arrive souvent depuis qu'il est parti de O. Il a un mal au crâne insupportable après chaque saignement.

Rabah est malade.

Quand je suis monté dans la fourgonnette pour rentrer au village, je l'ai vu s'éloigner sur sa mobylette. C'est la dernière image que j'ai de lui, il était vulnérable.

Janvier 1998, à Had Chekala (Ouarsenis) des massacres ont lieu, environ mille morts…

Rabah meurt la même année dans le hameau voisin, la nuit.

Il a poussé un cri. Tous ont su que c'était la fin. Ma mère m'a parlé plus tard de ce cri.

Mes parents s'opposent à ce que j'aille à l'enterrement avec eux.

J'ai pleuré Rabah sans quitter mes livres et mes cahiers.

J'ai rendu visite à la mère de Rabah l'été suivant. Elle m'a montré des photos de lui souriant. Je n'ai pas pu retenir mes larmes.

J'ai gardé une des photos aux couleurs floues. L'année est gribouillée sur le revers, au stylo à bille.

J'ai parlé de ces photos à ma mère. Elle m'a dit que la cousine n'aurait pas dû le faire, montrer des photos d'un défunt à un adolescent.

Je reviens des années plus tard. La tombe a vieilli. La moitié du nom de Rabah écrit en noir est effacée. Sa tasse blanche ornée de coquelicots est toujours là. Je l'ai remplie d'eau pour que les oiseaux viennent rendre visite à Rabah.

Avril 1999, Abdelaziz Bouteflika est élu président de la République. En juillet, il décrète une loi au nom de « la concorde civile ». Elle vise l'amnistie et la réintégration dans la vie civile de ceux qui renoncent à la violence armée.

Les paraboles fleurissent.

On a le téléphone fixe à la maison.

Le premier restaurant, après la guerre, ouvre ses portes sur le grand boulevard d'Oued Rhiou. Il sert du poulet rôti, de la purée de pommes de terre et de la salade de choux-fleurs.

J'y vais avec Saïd. Aïd nous y attend. Nous nous attablons. Tout est neuf. Il n'y a pas beaucoup de monde. Aïd s'écrie : « La bouffe ressemble à celle de l'hôpital. »

Nous n'y avons jamais remis les pieds.

Je n'arrête pas de penser à Aïd. Je lui ai fait un bisou sur la bouche dans un moment d'égarement. Tout ce que je réussis à lui dire dans le hall du lycée technique d'Oued Rhiou, c'est que je regrette de l'avoir fait.

Nos classes sont contiguës à l'étage. Aïd est un élève médiocre en gestion et économie ; en génie électrique, nous sommes dix-sept, rien que des garçons.

À l'époque, nous disions que le seul qui sait écrire parallélépipède sans faute dans les classes de gestion et économie, c'est le prof de maths…

Je déjeune avec Aïd dans une gargote dans la rue du lycée. Je rentre à la maison avec lui l'après-midi. Il me parle de sa famille, des multiples pannes de la R4 d'une étrange couleur rouille qu'il vient d'acheter, de films, de son allergie après le rasage, des infos à la télé. Il aura dix-sept ans en février, il n'est plus le maboul d'autrefois, il est presque un homme, sa voix est grave, il chique, il fume du tabac en famille. « Il faut penser à l'avenir. L'apiculture est un métier qui rapporte. » Il me le répète souvent. Son oncle possède des ruches dans la vallée (je n'ai jamais su en retenir le nom) et il pense en acheter quelques-unes.

Il ne me parle ni des filles ni d'une future petite copine.

Il aime être avec moi.

Le message est clair.

Je commence à interpréter ses gestes, ses serrements de mains, ses clins d'œil. Je le surprends plusieurs fois à me fixer dans la cour du lycée, dans la rue. Il n'est plus le même. C'est incompréhensible la façon dont il me parle. Il évite de me regarder dans les yeux.

Il m'invite pour ce week-end. Je baisse la garde après un moment de réflexion et je me laisse emmener dans cette vallée qui ne m'est plus si inconnue à force d'en entendre parler. Le vieux moteur de la R4 vrombit. Sur les sièges arrière, deux ruches vides. Il quitte la route goudronnée et s'engage dans un mauvais chemin à peine carrossable.

Il est heureux de ma présence. Il ne me dit rien du film qu'il a regardé hier soir tard : l'île du docteur Moreau. Je me souviens de ce titre. J'ai lu le livre des années plus tard.

La vallée est déserte, des champs de blé et d'orge à perte de vue. Il se gare derrière un amoncellement de pierres. Je l'aide à décharger les deux ruches. Un paquet de Kleenex traîne sur le siège ainsi qu'une grande bouteille de Coca-Cola. On descend dans un champ en pente, entouré de barbelés, envahi par les mauvaises herbes. Je me souviens avoir suggéré en plaisantant d'y mettre le feu. Les ruches de l'oncle sont encore un peu plus loin. Un vieux sac de toile de jute gît sur le sol. On pose les ruches vides par terre contre une grosse pierre. On les laisse ici. Aïd ramasse un caillou et le jette pour éloigner des bêtes sauvages. Il prend un peu de temps avant de reprendre la descente vers les ruches.

Il m'abandonne là et tente encore de ne pas voir de ce qu'il a toujours ressenti pour moi ; je le vois chiquer.

Je me souviens de sa main entre mes jambes. Je me souviens de l'avoir embrassé derrière l'amoncellement de pierres, dans la R4. Je me souviens d'avoir tenu son sexe dans ma main.

C'est une sensation nouvelle de tenir dans sa main un autre sexe que le sien.

Des heures après, je me suis retrouvé à murmurer : « je suis sale, répugnant, dégueu… »

Au lycée, j'attends la récréation pour parler à Aïd des crises de mon père qui en ce moment durent des jours.

Aïd reste silencieux.

Il ne pense qu'au sexe. « Je veux baiser », il me le répète plusieurs fois.

Sa phrase courte et insolente m'a accompagné pendant des années et en vérité, tout ce qu'il voulait, c'était être avec moi, mais il ne savait pas comment le dire.

Je lui explique que ça n'arrivera plus entre nous, et ce que je veux c'est que tout redevienne comme avant.

J'ai vu des larmes dans ses yeux quand il est parti.

Je ne sais pas bien décrire ce que j'ai ressenti : des regrets, le sentiment d'une faute. Je me suis juré de ne plus jamais penser à l'incident dans la vallée, mais plus tard, c'est plus fort que moi, je me retrouve à me branler en pensant à lui.

Aïd n'a pas eu son bac cette année-là.

J'ai pris du recul tout au long des vacances d'été. J'espérais qu'il comprendrait que ce n'était pas contre lui, mais il l'a mal pris.

Au début de l'été, mon aîné D. vient passer quelques jours à O., après son stage de prof au lycée ~~de~~ Mustapha Haddam à Oran.

Je le vois peigner ses cheveux dans la salle de bains.

— Je vais à Oued Rhiou chez des amis.

D. y passe la nuit, ce qui n'est pas prévu.

Il n'ose pas appeler pour prévenir, répète ma mère. Elle s'en prend à Saïd, à moi, et s'énerve dans la cuisine contre ma sœur.

Le lendemain matin, les marchands de journaux répandent la nouvelle dans tout le village : un jeune homme (d'O.) retrouvé étranglé au bord de la voie ferrée à Oued Rhiou. Je raconte la nouvelle à ma mère, déjà inquiète. Elle pousse un cri de folle en courant vers la chambre de mon père. Il est devant sa porte. C'est la première fois que je vois mon père nu sous sa gandoura à contre-jour. Il essaie de comprendre les phrases confuses de ma mère.

J'ai couru chez Aïd et on a appelé sa sœur aînée qui habite à Oued Rhiou et travaille comme infirmière au grand hôpital.

Ce n'est pas D., heureusement.

C'est un autre jeune homme. Je le connais bien. Son jeune frère était avec moi au lycée.

D. revient à la maison dans l'après-midi, comme si de rien n'était.

Ma mère lui casse la gueule devant mon père et ils le renvoient immédiatement à Oran avec un œil au beurre noir.

On sait déjà de quoi ma mère est capable.

C'est le seul incident de cet été. Sinon, je me rase deux fois par semaine pour faire pousser des poils sur mon menton.

En septembre 2000, je suis en terminale. La date est inscrite à la craie sur le tableau du milieu, le plus grand, peint en vert sombre, il y a aussi un autre tableau tout petit, mobile (le trépied), deux poubelles et l'ancien bureau en bois. Il n'y a pas d'estrade. Les murs peints en beige terne sont nus. Nos tables et nos chaises sont anciennes, mais propres et solides.

Une nouvelle salle de cours au rez-de-chaussée, je m'assieds au premier rang. C'est la place que m'ont laissée mes camarades. La porte de la classe ouverte, je peux voir une partie de la cour. La porte ne ferme pas à clé et chaque samedi matin, à la première heure, je dois courir chercher une chaise ailleurs parce que la mienne a disparu.

Un gars de vingt ans vient s'asseoir sur la chaise à côté. Il reste silencieux les deux premières semaines. Il a raté deux fois le bac. Il me dit que la terre est plate, que les Américains n'ont jamais mis les pieds sur la lune et d'autres âneries de ce genre. Au début, j'ai cru qu'il plaisantait pour me faire rire. « Ne va pas le raconter aux autres ! » ajoute-t-il, sérieux. Je fais non de la tête.

Une semaine plus tard, on a un cours de deux heures de maths, notre nouveau prof monsieur Nouh A. arrive dans la salle. Nous continuons à nous parler à voix basse. Il pose son cartable par terre et regarde le tableau ensuite nous. Je le trouve séduisant. Il nous sourit en se plaignant de la chaleur de septembre. Il ne prend pas place sur la chaise derrière le bureau. Il est du genre à arpenter l'espace entre les rangs. Il est là devant moi, lissant sa chemise à carreaux entre les pans de son tablier ouvert. Il porte un pantalon en toile. Il me fait remarquer que je gigote beaucoup sur ma chaise. Ça fait rire mes camarades. Je ne lui en veux pas.

Une autre fois, il est au tableau. Il tourne la tête et croise mon regard. Il me sourit. Le crissement de la craie sur le bois du tableau. Je comprends l'intérêt qu'il me porte. Je peux dire que les garçons l'ont remarqué aussi. Ils ne sont pas dupes.

Il vient me parler, debout contre la table. Moi, je suis assis. Il me serre la main. Il passe sa main sur ma nuque. Je sens le duvet de sa main. Il me gratifie d'une bourrade sur l'épaule. Il me tord la main en me traitant de petit voyou à la stupéfaction du gars à côté de moi. Il me décoiffe. J'aime tout ça.

Nous sommes dans la cour et nous jouons au volley-ball, Nouh A. sort une chaise de la bibliothèque et s'assied là, il nous regarde jouer.

Une semaine avant les vacances d'hiver, il m'offre un maillot de foot.

Ma mère me demande d'où vient mon maillot. Je lui mens : acheté. Je donne un prix. Mon frère M. vient à O. Il me dit que ce maillot vaut le quadruple du prix que j'ai payé. Il répète : « bonne affaire ! Tu as fait une bonne affaire. »

À la fin du deuxième trimestre, Nouh A. joue l'indifférence pendant de longues semaines, mais ça ne m'empêche pas de penser à lui.

Je m'imagine, allongé dans son lit, mon corps d'adolescent collé contre son corps d'adulte musclé, les fesses et le sexe poilus. Mes muscles rentrants, mes épaules tombantes le feraient sûrement rire, et il me dirait : « ça n'a pas d'importance. » Je sais que mes cheveux bruns en broussaille lui plaisent. Sa barbe me piquerait quand il m'embrasserait.

Je me branle en pensant à lui, au toucher de sa main, à l'approche de son corps, son parfum, sa main sur ma nuque.

J'imagine des rendez-vous. Il y a un petit chantier de logements abandonnés derrière le lycée technique. Je rentrerais par la fenêtre. Il me suivrait. Les restes des feux des buveurs clandestins, les bouteilles de bière vides, l'odeur de l'urine et de la merde.

Ces rendez-vous n'auront jamais lieu.

Je passe le bac blanc.

Il me cherche dans la salle où je vais passer l'examen. Il me prie de l'attendre dans la cour quand je sortirai. « Tu ne pars pas, d'accord » ? il me parle avec un air de reproche. Il a des choses à me dire. Il me demande si je travaille encore mes cours, tous les sujets qu'il nous a proposés. Je dis oui. Je l'écoute. Il pose sa main sur mon épaule et l'y laisse.

Deux semaines plus tard, je suis debout devant les bureaux de l'administration, il revient sur ses pas, il dépasse des filles qui parlent fort, et il vient vers moi.

— Qu'est-ce que tu fais après le bac ?

— Je ne sais pas encore.

Je ne l'ai jamais revu.

Il est retourné dans sa ville, très loin. Il n'est pas revenu au lycée.

Je n'ai jamais eu de ses nouvelles.

Le maillot de foot, blanc comme la fleur de coton, je l'ai gardé trois ans.

Mon père se sent très mal.

Je suis debout au milieu de la cour. Je parle avec mon grand-oncle.

— Que comptes-tu faire ? me dit-il.

— Je vais prévenir d'abord les garçons pour qu'ils rentrent d'Oran.

Et puis, je ne comprends pas grand-chose…

Ma mère vient nous rejoindre. Elle a les yeux rouges. Elle vient et se colle contre moi, met sa tête dans le creux de mon épaule et pleure. Mon grand-oncle fait volte-face et s'en va.

Je réfléchis.

À quoi ?

Une voisine nous rend visite. Elle conseille à ma mère d'aller consulter une voyante. J'ai entendu les cris un peu après. Ma mère l'a virée de chez nous à coups de bâton.

Juin, je passe le bac.

Juillet, la liste est affichée. Saïd va voir. Pas moi. Je n'ai pas le temps. Je dois rester avec mon père.

J'ai le bac.

Mes frères choisissent pour moi l'architecture. Ça m'est indifférent.

Mon père est mort en février de cette maudite année deux mille un, un vendredi, à minuit.

Son corps enveloppé dans un linceul beige est dans la grande chambre. Une tristesse déchirante. « Putain ! Est-ce que je vais vivre avec ça ? »

L'enterrement.

Un monde fou est devant chez nous. Toute la famille est là…

Ils partent tous au cimetière, en voiture, à pied…

Je reste à la maison. Je ne peux pas les accompagner.

Les talibans sont chassés du pouvoir par une coalition internationale menée par les États-Unis, nous sommes fin 2001.

J'ai dix-huit ans.

Ma mère s'habille en noir. Le deuil chez les Arabes dure trois jours, le nôtre dure trois ans, ça va de soi. Saïd redouble son année scolaire. Un chat mange ma paire de pigeons pendant la nuit. Le matin, je trouve des plumes et des têtes sans corps dans la cour. J'en ai marre.

Je dis à ma sœur :

— Pourquoi devons-nous subir tout ça ?

Elle ne me répond pas tout de suite.

— C'est la vie.

Je dis à ma mère :

— On ne peut pas rester dans cette maison. Mes frères aînés veulent que nous quittions la région.

Elle ne me répond pas.

Ma sœur dit :

— Tant mieux.

Je les crois incapables de gérer l'absence de mon père.

Ma mère qui ne me disait rien, il y a peu de temps encore, me suggère brusquement une idée.

— Dis-moi, si on vide le salon et les chambres dans la cour et on y met le feu… nous irons à Oran léger.

Je dis oui pour l'apaiser. Bien sûr, on ne le fait pas.

Je veux garder la malle et tout ce qui est dedans. Je ne veux pas qu'on distribue les habits de mon père à des inconnus.

Je vais à l'école d'archi. Amphithéâtres, profs casse-couilles, camarades chiants, cours, examens, c'est trop, j'ai envie de fuir.

Un garçon est venu me parler dans la bibliothèque, j'étais en train de travailler une fiche de lecture de « Construire avec le peuple » d'Hassan Fathy, chargé de construire le village de Gourna à la fin des années quarante, près de Louxor en Égypte.

Le garçon me dit :

— J'ai perdu ma mère l'été dernier. Elle a dormi toute la journée pendant de longs mois avant sa mort…

J'ai dit :

— Mon père est mort en hiver.

— C'est ton « vieux » qui est mort, toi. Il a dit ça comme si perdre un père était moins douloureux que perdre une mère.

— Le mien s'est remarié peu après la mort de ma mère.

Le garçon a répété ça avec une voix triste et pleine de regrets.

J'ai eu le sentiment qu'il en voulait à son père.

Le 20 mars 2003, les États-Unis envahissent l'Irak. Tous les Arabes pleurent Baghdâd, la ville d'Haroun al-Rachid.

Cette année-là, je fais la connaissance d'un groupe d'étudiants, qui partagent une colocation boulevard Mâata. Je passe des nuits chez eux pour préparer les exposés et les examens au milieu des rires et des sarcasmes, sans que nul ne se fâche.

Je peux dire que j'étais heureux.

Nous partageons des pizzas et des sandwichs à la Calentita, des chips et des biscuits, de la limonade (Cherbet au citron), des jus de fruits et de la bière.

Je ne me sentais plus seul.

La mère d'un des garçons nous remplit le frigo. Des tas de Tupperware à moitié remplis. Nous n'avons qu'à réchauffer, pas besoin de cuisiner, nous n'avons pas le temps. Nous nous inventons des occupations banales et bruyantes, nous racontons des vannes de gamins, nous lançons des paris. Nous écoutons de vieilles chansons de raï. Les voisins se plaignent.

Les garçons amènent leurs copines et ils me les présentent.

Ils disent : « Ahmed, c'est Aïda. Aïda, c'est Ahmed. »

La fille me fait la bise. Elle me parle un peu d'elle en retirant son hidjab, arbore un joli décolleté, une jupe courte, toute mignonne. Elle fume. Elle boit de la bière et fait sa prière comme nous tous (comme presque tous les Algériens : ils boivent le jeudi soir et vont à la mosquée le vendredi après-midi).

Elle lit en français et en arabe. Elle me parle de l'écrivaine Nawal Saadaoui mais Ahlam Mosteghanemi est sa préférée.

Elle va dans la chambre avec mon ami.

Elle lui fait l'amour.

Je lis pendant des heures, allongé en travers du canapé du salon, la nuque cassée par les coussins.

Elle revient au salon, demande une cigarette et la grille là.

Elle s'en va. Salut !

Aïda faisait aussi l'amour avec un autre garçon de la bande. Un jour, elle les a envoyés promener tous les deux…

et puis, elle les a repris tous les deux et ils couchaient tous les trois ensemble.

Elle incarne la femme forte, indépendante, je l'apprécie beaucoup.

Pourtant, mon éducation devrait me conduire à n'apprécier que la femme soumise.

J'ai connu une fille à l'Université.

Ça a duré quelques semaines.

Elle a fini par comprendre que je ne la toucherai pas. Elle me l'a dit timidement. Je n'ai rien contre toi, mais je cherche un petit ami.

Quand je repense à la colocation, je distingue à peine les traits des garçons ; mais je sens encore les relents du tabac et du haschich imprégnant les habits, je revois les bouteilles de bière sur la table au salon et dans la cuisine, j'entends les garçons vomir dans les toilettes.

On me fait ingurgiter toute une salade de poivrons et de piments rouges, parce que j'ai perdu aux dominos. Des petits piments rouges très forts de la taille d'un auriculaire.

Je m'étouffe et on m'apporte de l'eau au lieu de lait, alors que j'ai la bouche en feu, la langue lourde et que ma salive déborde.

Dans la soirée, à la télé : la vie et l'histoire de Walt Disney. Je me rappelle avoir bu pour la première fois de la bière et du vin rouge. J'ai été malade, j'ai couru m'enfermer dans les chiottes.

Le lendemain matin, je me suis réveillé sonné, avec une diarrhée qui a duré trois jours.

L'ennui de tous les jours me revient. Je suis avec les garçons qui blaguent et parlent fort, ils se bousculent amicalement, ils se moquent les uns des autres et des efféminés du département d'hydraulique, un humour algérien qui tourne toujours autour des pédés.

Je ne dis rien, je ris de leurs blagues et pourtant certaines choses me déplaisent. Je ne peux pas leur dire ce que je suis : pédé mais pas du genre qui s'épile la barbe, qui met du fond de teint, qui parle avec les poignets cassés, qui porte des tee-shirts avec des strass ou des pantalons ajourés, étroits, rouges, verts, roses, ou bleus qui moulent les fesses.

Je crains qu'ils ne le comprennent pas. Ils ne le comprendront jamais. « Les gars, j'aime les hommes ! » Je murmure cette phrase à mon reflet dans la glace de la salle de bains en me rinçant le visage.

Au bout d'un moment, leurs blagues ne me font plus rire.

Il ne faut pas que je laisse voir mon désarroi.

Je suis à la bibliothèque, je pense à cette nuit passée avec le cousin d'Aïda. Je me souviens de chaque instant passé ensemble.

Au moment des examens du premier trimestre, des coups contre la porte me font sursauter. Un jour d'hiver pluvieux. Je suis seul au salon. Je lis mes cours polycopiés, des résumés, des notes. Je vois qu'il pleut des cordes par la fenêtre ouverte.

Je vais ouvrir, circonspect.

Le jeune homme est trempé. Il a hâte de rentrer. Il est surpris. Il me salue.

— Je suis le cousin d'Aïda.

— Enchanté, moi, c'est Ahmed.

— Tu habites ici ?

— Non, je viens réviser avec les autres.

Je ne le revois que le soir, à table dans la cuisine, et je vois que les garçons l'apprécient beaucoup. Les yeux boursouflés, il dit qu'il veut encore dormir. Il arrive d'Alger et il n'a pas pu dormir dans le train.

Je l'entends dire en bâillant qu'il faut libérer le pays de la junte militaire, notre berbérité de la domination de l'arabisation, l'Algérie du joug de la religion ; il faut enfermer Dieu dans les mosquées et les faire sauter à la dynamite.

Je suis le seul à l'applaudir. Les garçons rient.

Il ne reste que quelques jours à Oran. Il promet de revenir dans un mois.

Trois semaines plus tard, je me rase dans la salle de bains, quand j'entends sa voix dans le couloir. Les garçons sont au cinéma Le Murdjadjo. Il traîne dans le couloir, entre le salon et la chambre qu'il partage avec un des garçons.

En sortant de la salle de bains, je le croise, il porte une bouteille de vin et un verre. Il éternue dans le pli de son coude.

Vers minuit, il vient dans le petit cagibi où je dors, entouré de mes livres. Il sent méchamment l'alcool et la cigarette. Je lui dis que sa présence m'énerve. Ses cheveux bruns jetés en arrière brillent sous la lumière du néon. Il me dit qu'il voulait à tout prix me revoir, qu'il a pensé à moi tous les jours.

Nous faisons l'amour plusieurs fois.

Le matin, avec les autres dans la cuisine, il évite de me regarder. Je crois qu'il regrette et culpabilise. Son silence m'ennuie.

Après son départ, je me suis isolé de tout le monde. Je pensais à cette nuit passée ensemble. J'ai beaucoup aimé le sexe avec lui.

Il n'est plus revenu nous voir.

Les garçons n'ont pas compris son attitude.

L'été suivant, je le croise sur une plage à Arzew avec une jeune femme. Il m'ignore.

Cette année-là, j'achète mon premier téléphone portable au moment où leur prix se démocratise.

Sur les murs des toilettes des gares d'Oran et d'Alger, je lis des centaines de messages : pédé aime sucer, pute à bas prix, dispo ce soir, suivis par des numéros de téléphone. Je passe quelques minutes à lire ces messages écrits au feutre, crayon, stylo à bille et à me caresser malgré l'odeur. Je n'ose pas enregistrer un seul numéro. Je crains les guets-apens et du chantage.

Avril 2004, Abd. Bouteflika est réélu président pour un second mandat.

Ils disent à la télé qu'une nouvelle ère de prospérité et de paix s'offre à notre chère patrie…

Mon œil !

J'ai fini mes cinq années d'études : anémie, hépatite (A), chute dans l'escalier de la grande bibliothèque, douleurs au bassin pendant des mois, entaille à l'index de ma main droite en travaillant une maquette de soutenance, première infection urinaire, je ne pèse pas plus de cinquante-cinq kilos.

En juin 2006, nous quittons O. pour un autre village, F. près d'Oran.

Saïd et moi ne participons pas à faire les cartons. Nous n'avons le cœur à rien.

Mes frères aînés sont pressés d'en finir. Je les entends dire : « nous rentrons cette nuit à Oran et le monde n'a qu'à s'écrouler. »

Nous avions laissé ouverts les volets de la grande fenêtre qui donne sur la rue. Je suis retourné les fermer.

Ma mère et ma sœur ont pleuré comme le jour de la mort de mon père.

Je n'aime pas notre nouvelle maison à deux étages, coincée entre deux plus grandes maisons en face d'autres, encore plus grandes. Un jeune mûrier est planté à droite de la porte d'entrée, un figuier et une vigne dans la cour. J'ai vomi plusieurs fois au pied de ce mûrier.

Je noue une amitié avec le vieux monsieur qui vit en face. Il est seul. Il me parle de son veuvage, et de son cancer de la prostate. Il meurt quelques mois plus tard. À son enterrement, il y a des géraniums en fleurs sur les tombes.

Je vois une psy. Je prends l'habitude des somnifères et de l'aspirine.

Septembre 2007, un attentat terroriste à Batna visant le président Bouteflika fait une vingtaine de morts et une centaine de blessés.

Novembre 2008, une révision de la constitution est votée pour permettre à Abdelaziz Bouteflika de briguer un troisième mandat en avril 2009.

Je travaille dans un bureau d'étude et d'architecture à Saint-Eugène. J'y reste trois ans.

Je n'ai plus d'amis ni de vie affective. Je ne joue plus au foot. J'ai grossi un petit peu. Je mène une vie calme, ordinaire : boulot, repos, prière, porno et lecture, rien de plus.

Ma mère tombe malade… début de ses problèmes de santé.

Mes frères aînés ont tous des enfants. Deux de mes frères enseignent à l'Université. Mon père en serait fier.

Je ne peux plus parler à ma mère sans qu'elle me rabroue. Je ne peux pas échapper à son courroux. Elle m'accable de reproches parce que je ne suis pas encore marié.

Je n'ai pas Internet à la maison. Je vais souvent au cybercafé au centre du village.

J'ai ouvert un compte il y a quelques jours sur un site de rencontre que je ne connais pas encore bien : Amoureux.com. Je me connecte sous le pseudo de Taha. Je suis devant l'écran depuis une demi-heure. Les occasions ne semblent pas manquer. Un Français (J.C) désire communiquer avec moi. Je crois que c'est un faux compte, au début. Je ne me souviens pas qui a invité l'autre en premier, seulement dans une situation pareille, je me mets tout de suite sur mes gardes. Je crains les guets-apens.

Peut-être que je n'ai rien fait. Peut-être que je n'ai pas répondu tout de suite. Peut-être que j'ai essayé d'ignorer ce tchat. Peut-être que j'ai presque oublié ce tchat.

Je ne me souviens pas.

Je ne suis pas revenu au cybercafé pendant plusieurs jours.

J'étais très occupé.

Vers la mi-août 2012, tout le monde se plaint de la chaleur étouffante à l'intérieur du cybercafé. Je viens de prendre un PC. Les vieux climatiseurs ont dû céder pendant la nuit. Le garçon à la caisse, derrière son écran, excédé, dit que le plombier arrive. Il prend la télécommande et il essaie… : « de vieux machins, bons à jeter ». Beaucoup de remue-ménage derrière les PC. Quelques adolescents énervés claquent les claviers et prennent la porte.

Je me reconnecte sur Amoureux.com. Je remarque que J.C a visité mon compte plusieurs fois, mais il n'a pas laissé de messages. En revanche, j'ai reçu des invitations d'autres mecs. J'entends un garçon jurer. Je transpire. Mon tee-shirt colle sur ma peau.

J.C vient de se connecter, alors que je ne m'y attends pas.

Je lui parle de ce que je lis en ce moment. Ça l'ennuie et il me dit qu'il n'arrive pas à me suivre. Il me demande mon prénom et m'explique la genèse du sien, il s'appelle Jean

Christophe, il aime le piano et les livres, il est blond, il porte des lunettes, il est célibataire sans enfants, et il habite à Bordeaux.

Je lui dis que je suis à Oran, mais que je ne suis pas d'origine oranaise. Il veut m'appeler en vidéo. Je lui donne mon Skype et donc mon numéro de téléphone. Il m'appelle tout de suite. La connexion n'est pas bonne et l'image est floue.

Il me dit : « je t'appelle ce soir. »

Il est tard quand mon téléphone sonne, dans la mosquée. Je ne suis pas encore dans les rangs.

Je sors sur le perron.

J'entends mal la voix au téléphone, il rit, il répète « Jean… Jean », je balbutie un bonsoir, il éclate de rire… il me parle longtemps des vacances qui s'achèvent, je ris beaucoup, j'aime sa voix, soignée, paisible, âgée, j'aime ses rires.

Jean m'appelle presque tous les jours. Puis un jour sur deux. Il m'a fait comprendre ça, je n'ai aucun doute : il est sérieux. Je ne le crois pas capable de m'aimer, et probablement on ne se rencontrera jamais dans la vie réelle. Il me parle des hommes parcourant la ville, cherchant de quoi apaiser leur soif de sexe, ils traînent dans les gares pour sucer d'autres hommes, dans les bois, dans les parcs, dans les chantiers abandonnés, les pissotières. Des hommes en sucent d'autres au bord des routes, se jettent sur les sexes en érection comme des enfants affamés qui s'étouffent avec la nourriture. « Tu les vois cracher et hoqueter, de la salive et du sperme coulent de leur bouche ». « Warwick Collins, tu connais ? La pissotière ». Il veut me l'envoyer. Je dis non, parce que ça ne passera jamais à la douane. Couleur préférée, films, musiques, chanteurs, sports, tabac ou pas, alcools ou pas, maladies chroniques, maladies vénériennes, il veut tout savoir sur moi.

Il trouve hilarant que ma mère veuille que je me marie. Il se marre. Ça n'a rien d'amusant. À quoi ressemblerait la vie d'un homme qui aime les hommes, et qui se trouve coincé avec une femme ? Je l'entends jurer ainsi que ses pas qui s'éloignent. Il s'absente un moment. Il revient. « J'ai laissé brûler mes haricots ». J'entends son souffle dans le combiné. Très vite, il dit qu'il veut m'avoir à ses côtés. Il demande si j'aime plus les chats ou les chiens. J'ai du mal à le suivre. Il a envie de moi. J'ai le cœur qui bat la chamade. Il se masturbe sans lâcher le combiné. Moi aussi. Il file dans la salle de bains.

Jean est toujours gentil et attentionné avec moi, au téléphone, pendant des mois. Il ne m'a pas laissé le choix de ne pas l'aimer. Il me semble hypersensible quand il me parle de son enfance. Je lui parle de la mienne à O., mon adolescence, la guerre, les cadavres, la peur, mes parents, la mort de mon père, la maladie de ma mère, les tensions avec mes frères aînés, la vie autrefois à O., mon père resté longtemps malade, ma mère menaçant de quitter la maison, mes premières années à l'école coranique, puis à l'école primaire. « Nous, les petits, subissions les brimades des plus grands. » J'explique à Jean la genèse de « 106 », c'està-dire un homosexuel efféminé en algérien : dans un des films de l'inspecteur Tahar, lui et son apprenti habillé en femme de chambre longent un long couloir dans un hôtel, l'apprenti dit « chambre 106 », avec la voix et les manières exubérantes d'une folle caricaturale.

Jean et moi nous disons beaucoup de choses.

— Dis-moi, tu n'auras pas honte de moi si un jour on découvre que nous sommes ensemble ?

— Pourquoi aurais-je honte ?

— Parce que tu es jeune et que je suis vieux.

Après un silence gênant, je lui dis que je l'aime.

Février 2013, Jean repeint son appart. Il ne m'appelle pas pendant une semaine, à l'exception de petits messages entre deux poses.

Je vais au travail. Les coups de vent contre les parois du bus et les cahots de la chaussée défoncée me font sursauter. J'ai des nausées. Je sens que je ne suis pas en forme. J'appelle un collègue pour qu'il me remplace. Il ne répond pas. Je reçois un message. Il est à l'hôpital des Plateaux, son gamin a la rougeole.

J'arrive au chantier. Nous construisons une tour de dix-sept étages. Les travaux de voirie commencent. Je reste sur le perron où l'ingénieur chinois est censé me rejoindre.

Je regarde un gros et beau chat qui surveille un pigeon sur la pelouse en face. Le chien du gardien aboie en tirant sur sa chaîne. Le chat attrape le pigeon. Il rentre dans le chantier et se fait écraser par un engin. Je cours pour voir :

les tripes sorties, aplaties, quelle horreur ! Un ouvrier ramasse les dépouilles. Je le vois les mettre dans un sac poubelle. Je vomis derrière un camion garé. Je me dis que c'est mauvais signe. Je deviens superstitieux. Je crois que je vais tomber malade ; je répète à ma mère sans arrêt : je ne veux pas me marier, je ne veux pas avoir de gamins, je ne veux pas de tout ça. Je ne peux pas l'empêcher de crier. Elle s'en va pour ne plus m'entendre. J'en ai marre. Mes frères me disent que je m'écoute trop. Je ne peux plus regarder la télé, ni écouter la radio, ni lire sans maux de tête, sans nausées. J'ai des crises de nerfs. Je crains même la hauteur maintenant. Je crains de regarder en bas depuis les derniers étages de la tour en construction. Ça craint ! C'est la première fois que l'idée de mettre fin à mes jours me vient. Je ne dors presque pas de la nuit. Je crains de ne pas pouvoir me réveiller.

Je vais chez un médecin. Il me parle d'épuisement intellectuel avec admiration, son fils veut étudier l'architecture à l'Université. Il me prescrit du magnésium et m'envoie chez un psy.

J'arrête de travailler, de lire, de regarder la télé. Je me mets à faire du footing tous les matins, de bonne heure, et à me masturber de temps en temps, ça me fait du bien.

Je reprends le travail en juin. Jean m'envoie des livres. Il m'appelle tous les samedis. Il est saoul. Il se sent seul. Il me parle de ses amis, de sa meilleure amie Anne avec qui il picole. Je lui dis : « Saïd part aux USA. Je pense à toutes les choses non dites, tous les moments où je voulais lui confier que je suis différent. » Jean m'écoute. Il comprend mes ennuis. Il essaie de me rassurer.

Jean se met à me chercher un stage dans un bureau d'études en France. La ville de Bordeaux, je commence à la connaître par ce que Jean m'en raconte, des photos et des vidéos échangées. On peut aimer toute une ville pour une seule personne. Jean va dans les manifs pour le mariage pour tous. Il me raconte aussi celles des opposants. Maintenant, je me sens concerné par tout ce qui se passe en France.

Des mois plus tard. Je dois rester des heures devant ce fichu écran à parler à Jean. Je suis prisonnier dans une relation à distance. Jean me fait des attestations d'hébergement qui coûtent chacune soixante euros pour les demandes de visa qui sont toutes refusées. Je n'ai pas ~~eu~~ de stage en France non plus.

Été 2014, l'Allemagne remporte, la coupe du monde de football, en s'imposant en finale contre l'Argentine.

Je suis essoufflé sur le trottoir du consulat d'Espagne. Je stresse en ouvrant l'enveloppe qui contient mon passeport, avec ou sans visa.

Je n'arrive pas à croire la nouvelle. Je crie : j'ai enfin eu ce maudit visa. Je l'ai eu après deux refus.

Je n'arrive pas à croire la nouvelle. Je crie : j'ai enfin eu ce maudit visa. Après deux refus. C'est un visa touristique de trois mois pour l'Espagne.

J'appelle Jean à la maison. « Vas-y ! Décroche ! » Je laisse un message sur sa boîte vocale. Peu de temps après, dans la rue, au fond de moi, je supplie Jean de m'appeler, ou d'envoyer un message. L'attente est insupportable. Je me dis : hier, j'étais amoureux, impatient, stressé comme un chien errant malheureux et seul. Aujourd'hui, je sens la même chose, mais comme un chien heureux avec un visa.

J'ai le hoquet comme chaque fois que je suis stressé. J'arrête un taxi pour rentrer chez moi. Le chauffeur me parle des remèdes contre le hoquet. C'est un jeune qui pue le tabac. La vitre ouverte, il lâche de temps en temps un crachat dans le vent. Il prend une déviation, la chaussée est éventrée à cause des travaux. Il me dit : boire de l'eau, ça peut aider. Courir ou marcher très vite (après un temps) ou se mettre un doigt.

— Qu'est-ce que ça veut dire ?

— Se doigter.

— Arrête ! Arrête ! Je l'insulte, je descends au milieu de la route. Putain, c'est quoi ces pratiques déviantes ?

Des mois plus tard, je raconte l'événement à Jean, il me dit que le chauffeur avait raison au sujet du doigt dans l'anus…

Mes frères ne me croient pas et me disent : « pourquoi c'est si facile d'avoir ton visa cette fois ? » Je me souviens des têtes penchées vers moi, les bras croisés sur les ventres, un de mes frères porte son enfant, le dernier, qui pleure. « Tu ne l'as pas acheté au moins ? » Si, mais je ne réponds pas tout de suite. Je marmonne que ça ne regarde que moi en me levant pour aller dans ma chambre. Depuis l'escalier, j'entends : « je mets ma main au feu » à voix basse d'un côté, puis de l'autre : « ben, bien sûr quand on a de l'argent ». J'ai envie de redescendre, et de leur crier : « pas besoin de baisser le ton, je veux vous faciliter la tâche, je fous le camp, je prends la porte bientôt. » Mais je n'ai rien dit.

Dans ma chambre, en me jetant sur mon lit, accablé de fatigue, je pense : fini les rendez-vous dans le consulat, les queues de cinquante personnes, les gros dossiers, les charlatans des bureaux de change et leur rendez-vous bidons au consulat, l'angoisse, l'attente de la réponse, l'insolence des gars de Fedex, les multiples messages de suivi de colis, l'enveloppe et la feuille accompagnatrice :

refus, motif huit (ça veut dire qu'il n'y a pas de motif). Fini tout ça. Fini les doléances de Jean : « quand ? Putain ! Je me sens seul, je m'ennuie de toi ». Fini le sexe au téléphone. Fini tout ça.

Je lâche mon bureau et mon associé quelques semaines plus tard. Ismaïl reçoit la nouvelle comme si le ciel lui tombait dessus. Je trouve un acquéreur pour mon matériel. Je trouve un confrère à qui je confie quelques-uns de mes clients, j'en abandonne beaucoup d'autres.

J'achète mon billet aller-retour trois semaines avant [Oran-Barcelone, Barcelone-Bordeaux], classe commerciale.

Août 2014

J'annonce la veille de mon départ à mes frères et à ma mère : « je pars demain », et j'appuie sur le dernier mot.

Personne ne comprend rien.

Je rejoins vite ma chambre après manger. J'envoie quelques messages à Jean. Je ne lis rien ce soir-là, trop de stress.

Je n'ai presque pas dormi.

Le matin, deux de mes frères m'accompagnent à l'aéroport. L'ambiance est tendue dans la voiture, parce qu'ils restent silencieux sur tout le trajet. Ils n'ont rien à dire.

Je suis assis à l'arrière, mon ordinateur portable sur les genoux. Je regarde le paysage derrière la vitre fermée. Le voyage occupe mes pensées.

Ils me laissent sur le parking sans me serrer la main, ou m'aider à sortir mon grand sac à dos du coffre de la voiture. Ils ne me souhaitent pas un bon voyage, ils ne me disent même pas un adieu, froid, rien.

Je me suis surpris à dire : ces deux-là ne vont pas me manquer sérieusement !

Le vol Oran-Barcelone me semble long, je vomis. Le couple à mes côtés a pitié de moi. J'ai honte, assez honte pour m'excuser.

Barcelone est une belle ville. Mais la météo est mauvaise. Il pleut. Je me promène deux heures et demie avant de reprendre l'avion pour Bordeaux.

Dans l'aéroport à Bordeaux, Jean me reconnaît de loin. Il lève la main dans ma direction. Je prends le temps de faire de même en récupérant mon sac à dos. Je vais vers lui. Il n'arrête pas de me sourire. Yeux pâles, visage rond, front large, pas un poil sur le menton où je vois une vilaine cicatrice, nez long, cheveux poivre et sel. Il paraît plus vieux que sur les photos. Mais j'aime ses grandes oreilles.

Il enlève ses lunettes. Il essuie ses yeux humides. Il m'embrasse. Il me dit : te voilà.

Je lui souris, j'ai mal au ventre (le stress), je remarque que Jean a les mains qui tremblent.

Comme c'est contagieux le stress.

Je pousse un soupir, « je suis enfin avec Jean… »

Jean paraît à peine plus grand que moi. Je voulais lui dire : où sont-ils passés les 1,80 m, Jean.

Il n'a jamais mesuré 1,80 m.

Je mets ma veste légère en toile. J'ai faim et mon grand sac à dos est lourd. Il me décharge de mon ordinateur, de mon sac de dattes, du Tupperware rempli de cornes de gazelles et de dragées. Nous allons prendre le bus. Jean me parle de Madame Sarfati qui attend sa fille Fortunée à l'aéroport. Je ris. « C'est bien Jean » ! me dis-je.

Sur un siège devant nous, un monsieur parle à sa fille au téléphone du petit chat qui n'arrête pas de geindre et de se faire mal dans la boîte à chaussures sur ses genoux. Une femme dit : « il en a marre, c'est normal. »

« Rue René Roy-de-Clotte, nous y allons par la rue Sainte-Catherine », dit Jean. C'est le soir. Il fait frais. Il y a du monde et beaucoup de gens portent des vestes. Jean me demande si je regarde les magasins de « fringues ».

Je suis trop fatigué pour que ça m'intéresse.

Nous traversons la place de la Victoire, nous marchons vite. Je reconnais tout de suite la Porte d'Aquitaine, les deux tortues, vues sur des photos que m'a envoyées Jean.

Dans l'immeuble au n° 38, nous longeons un couloir sombre et qui sent les tripes. Jean me dit que c'est le Réunionnais du 3e qui cuisine.

Je sais que l'appartement est au rez-de-chaussée. Il y a, en face de la porte, les boîtes aux lettres.

Il est sombre, aménagé sommairement, le plafond bas. De la porte, un petit drapeau arc-en-ciel contre le mur du salon attire toute mon attention. Sur la table, en piles, des revues d'hommes nus et des DVD de romances homos, que je regarderai plus tard. Je suis saisi par cette liberté d'assumer ce qu'on est réellement : un homme qui aime les hommes.

Un grand salon qui donne sur une véranda et un jardin plutôt grand lui aussi, une cuisine étroite et une chambre. Un piano électrique Yamaha noir, deux tables noires, des chaises noires, et un vieil ordinateur perdu au milieu de centaines de livres et revues d'hommes nus. Sur un meuble en bois brut, un petit bonhomme articulé, deux orchidées laides en pot et une lampe à lave bleue.

J'attrape le petit bonhomme et je joue avec. Celui-là dont quelques mois plus tard, j'arriverai à décoller la tête, que j'essaierai de recoller avec du chatterton jaune, et par là-même de me recoller aussi : je suis en morceaux.

Jean me houspille, il dit qu'il ne faut pas tirer sur ses membres, il risque de se casser. Je trouve ça drôle. Je ris. « Tu veux du thé ou du café » ? je fais non de la tête. Je ne tiens plus debout. Je pose mon sac à dos derrière la porte d'entrée et je prends une chaise.

Jean est assis en face de moi maintenant.

Dehors, la nuit s'annonce fraîche. « Il fait un peu sombre, n'est-ce pas ? N'est-ce pas ? Si » ! Il se parle à lui-même.

Il se lève pour allumer deux lampes halogènes. Il se retourne vers moi, me regarde et laisse ses bras retomber le long de son corps : « tu es venu ! » Je vois qu'il est ému.

J'embrasserais chaque mot sur ses lèvres pourpres, minces. Quand, comment nos bouches se sont collées et sont restées ainsi ? Peu de temps, longtemps. J'ai cru m'entendre le prier de ne pas s'arrêter et me sont revenus ses SMS pleins de petits mots trempés de larmes de joie, dans lesquels il n'écrivait que la première lettre de mon prénom.

Quand il glisse sa langue râpeuse dans ma bouche, il essaie d'aspirer mon haleine ou ma salive, je le repousse pour tousser, il revient et glisse sa main sur mon érection.

Au lit, dans le clic-clac du salon, Jean me dit qu'il a posé quatre jours de RTT… Il énonce des règles et des exigences : « l'amour se fait sans protection car tu es allergique au latex, peut-être, et la capote te ferait débander. »

Il me dit que le sexe le rajeunit.

Nous ne mangeons pas ce soir-là.

Des yaourts brassés plus tard.

Une nuit blanche, la première depuis quelques années, après celles de mes études à l'école d'archi.

Plus tard, j'ai demandé à Jean de faire chambre-à part. Je ne dormirais jamais bien dans le même lit que lui. Il a accepté à contrecœur.

Jean me dit : « Tu es tout mon monde, mon foyer, mon ami, toute ma famille. Ahmed, tu es mon garçon. Je t'aime plus que tout. »

Deux mois de vie ensemble.

— Dis-moi Ahmed, pourquoi tu m'aimes, je veux savoir.

— Je ne sais pas ! Peut-être parce que tu es français.

— Sans blague !

— Il y a des choses qu'il vaut mieux ne pas savoir, non ?

— …

— À l'école, même dans les petites classes, on nous a appris à haïr les Français.

— Tu ne plaisantes pas ?

— Du tout, c'est la vérité.

— Les vérités ne sont pas toutes bonnes à dire.

Jean embrasse ma peau en humant ma transpiration, « ton corps est chauffé au soleil du bled, le beau soleil de mon enfance, celui que ma grand-mère aimait » (Jean est né ici à Bordeaux d'une famille pied noir). Elle disait : « tu sais, le soleil de l'Algérie française était si beau, si fort, tu l'aurais aimé, toi, le soleil de là-bas. »

Les bruits dans le couloir de l'immeuble, le claquement de la porte d'entrée me réveillent. Je regarde l'heure sur mon portable : onze heures déjà. Jean m'embrasse sur la bouche, il court vers la salle de bains, en se grattant le bas ventre et en lâchant des flatulences. « Ces bruits-là, désormais tu vivras avec », me dit-il. Je ne peux pas m'empêcher de rire.

Trois mois sont vite passés, je m'aperçois que mon visa est périmé, tant pis, je suis en situation irrégulière. « Ce n'est pas grave, tu es avec moi », me dit Jean.

Il prend des cachets contre la constipation, d'autres contre les maux d'estomac et les douleurs abdominales. Sans ses lunettes, il n'y voit rien. Il applique des masques sur son visage, qui sentent le café.

C'est nouveau, Jean est un peu violent…

Je n'ai pas bien refermé la porte du frigo après l'avoir nettoyé, et Jean me crie dessus. C'est la première fois.

Il me parle de son prof de sport qui lui a blessé la paume de la main avec un disque parce qu'il n'arrivait pas à l'envoyer. Je ne dis rien.

Jean me prend souvent la tête pour des trucs bidons.

Je m'énerve.
Je m'isole.
Pour Jean, je ne suis qu'un enfant qui fait des caprices.

De plus en plus souvent, Jean est distant.
Et triste.

Il me fait sentir qu'il m'aime moins. Il m'aime la nuit et ne me supporte plus dans la journée.

Je ne comprends pas cette relation ni Jean.

C'est arrivé vite. Une sorte de froideur pèse sur nous. La flamme de l'amour est retombée.

Le quotidien se ternit.

Un après-midi, au téléphone, je dis à ma mère que je ne suis pas seul et je lui fais croire qu'on prend bien soin de moi.
Elle ne dit rien.
J'écris sur mon cahier : je crois que Jean ne m'aime plus.

C'est les vacances de fin d'année, les fêtes qui viennent vite et partent comme elles sont venues, promptement.
Invités chez des amis pour la soirée du réveillon, Jean achète des fleurs pour notre hôtesse, une bouteille de champagne à Auchan.

Le repas est copieux, Jean boit beaucoup et se transforme en un moulin à conneries.

Parler sans réfléchir.

Après la boisson, cris, brimades, reproches, mépris et disputes.

Il me dit : je bois mais c'est normal, ce sont les fêtes.

La vie avec Jean, ce sont des ordres, et des règles aussi, quelques mois de vie ensemble et je découvre un autre visage de Jean.

Jean se saoule tout le week-end.

Après cette soirée arrosée, je l'entends piaffer dans la salle de bains, hoqueter, tousser, commencer à souffrir d'une diarrhée qui durera quelques jours. Il revient se coucher et ne quitte le lit qu'à onze heures le lendemain. Empestant l'alcool, il s'assied à table, pour prendre le petit déjeuner avec moi. Il entame son bol de céréales avec du chocolat chaud et reste silencieux.

Il me dit : « J'aime le café noir sans sucre et mes tartines au beurre salé. »

Après une nouvelle dispute, il vient vers moi dans la véranda, ce n'est pas pour s'excuser, Jean ne s'excuse jamais, il est venu me dire qu'il n'aime pas qu'on le contredise…

J'avale un doliprane toutes les deux heures. J'ai l'intention d'en avaler d'autres pour pouvoir dormir. Jean me dit qu'il faut respecter un intervalle de temps entre les prises, au moins six heures, autrement, c'est inutile et dangereux.

Je dois écouter aussi ses doléances :

Jean me parle de son ex et de leur rupture, de leur relation toxique. Eric a rompu par SMS. Il raconte, c'est comme si la lumière s'était éteinte soudainement, qu'il se retrouvait dans le noir absolu, qu'il désirait bouger mais qu'il savait qu'il allait se cogner contre un meuble. Il ne pouvait ni maudire, ni jurer, ni pleurer (je l'imagine pousser des cris comme quand il est en colère). Son ex-part… Il ne répond pas à ses messages ni à ses appels… Il revient quelque temps plus tard… Et il repart cette fois pour de bon.

En fait, ils n'ont jamais vraiment vécu ensemble.

Je pense que Jean n'a jamais vécu une vraie relation.

Il me dit une autre fois : j'ai découvert que je préfère les garçons à douze ans, j'étais amoureux d'un de mes camarades, un brun plutôt beau garçon, sportif, qui sortait avec ma meilleure amie. Mes parents le savaient. Mon père ne m'a jamais aimé. Il a toujours préféré mon jeune frère.

Et une fois, un Tunisien m'a posé un lapin, je l'ai attendu toute la journée à la gare Saint-Jean, mais il n'est jamais venu.

— Je suis désolé.

— Tu n'y es pour rien, mon garçon.

Jean ne veut plus m'entendre parler. Il n'y aura plus de dialogue. Il n'y aura que des crises de colère. Jean arrête de me parler deux jours d'affilée. Je crois que je paie pour les fautes des autres.

— Jean, je suis désolé que ton ex t'ait largué, que ton père ne t'ait pas suffisamment aimé, que le Tunisien ne soit pas venu. Je suis désolé pour tout ça.

J'attrape un rhume. Je ne quitte pas mon lit pendant une semaine.

Grincheux, Jean m'accuse de beaucoup m'écouter.

Un « bon jour », pendant notre promenade du samedi après-midi, Jean me tient la main un moment. Je la retire.

— Tu me cherches ?

— Ne t'énerve pas !

Pour le calmer, je lui raconte l'histoire des deux chiens errants.

— C'est mon petit voisin en Algérie Aïd, qui me l'a racontée, « ce sont deux chiens errants, un roux et un blanc, qui se croisent dans la rue. Ils se provoquent, queues en l'air, poils du dos hérissés. Le roux dit :

— Ben dit donc !

— Quoi donc ? lui répond le blanc en montrant ses crocs.

— Comment va-t-il ?

— Qui donc ?

— Ton petit cul, donc.

— Va jeter un œil, dis donc.

— Donc tu permets ? Et il aboie.

— Propre, si propre !

— Et donc ?

— Un cul propre, dit le blanc après l'avoir reniflé et il s'en va… ». Aïd voulait me dire que le sien était bien propre aussi. C'était une invitation.

Rien ne pourra dérider Jean, ça l'énerve au contraire, mon histoire.

— Tu essaies de me rendre jaloux, c'est ça ?

— Putain, pas du tout !

Jean crie contre moi, même sur les quais, au milieu des passants. Deux hommes s'arrêtent à deux pas de nous. Jean demande une clope. Un des deux lui en donne une et sort son briquet. L'autre me demande si je vais bien. Je ne me réponds pas. Ils s'éloignent. Je me suis dit : ils ont l'air heureux, eux, mais nous…

Mais j'aime Jean.

Le soir même, il n'y a aucun bruit dans la rue, sauf le passage d'une voiture de temps de temps. C'est le silence et le froid hivernal. J'entends le crissement de petits pas sur le parquet.

— Jean, je crois avoir vu des souris dans la cuisine !

— Putain, j'espère qu'elles ne vont pas dans le grand placard !

Il se trouve qu'elles y sont.

— On verra ça demain, d'accord ! Je n'en peux plus de cette baraque.

Vers 10 h du matin, je vais au marché des Capucins.

J'y fais la connaissance de Kader, un vendeur de fruits et de légumes. Nous discutons et nous échangeons nos numéros de téléphone.

Kader habite le quartier du Grand Parc, avec son épouse et ses deux enfants.

En rentrant, je trouve Jean qui retire les portes du petit placard, je débarrasse les piles de ~~la~~ vieille vaisselle et les pots de confitures à la figue.

Il décolle une partie du parquet flottant, il y a des crottes et une odeur de pisse de souris.

— Il y en a qui sont mortes là-dedans…

— Tu crois !? Je nettoie le sol de tout l'appartement. Jean part à Carrefour chercher du poison pour les souris.

Quand j'ai fini, je m'assieds au bord du lit. À ma droite, un pin's de la dernière manif pour le mariage pour tous est épinglé sur une maquette de bateau à voile accrochée au mur. Je regarde le jardin par la baie vitrée grande ouverte, le ciel est couvert, les palmiers en pots souffrent, le figuier au fond du jardin a des branches toutes nues.

J'entends Jean pousser la porte. Il retire ses chaussures. Il pose le sac des courses sur la table dans le salon.

— Mimi…

— Dans la chambre.

Il pose la boîte de poison sur l'étagère des livres.

— Je vais me doucher.

Il revient et s'assied à côté de moi sur le bord de lit, une serviette autour de la taille. Je comprends. Il veut du sexe.

« Tout de suite » ! comme il dit souvent. Je suis en caleçon. Il retire sa serviette. Je le prends au bord du lit. Debout derrière lui. Quand j'ai joui, il court vers la salle de bains.

En revenant, il veut me sucer, moi assis, lui accroupi à même le parquet. Il bave en me gobant les couilles.

Je me relève vite. Une souris. Nous courons tous les deux nus. Elle va de la porte de cuisine vers le placard au fond du salon, sous le piano.

On rit beaucoup en se rhabillant.

Je lui dis : « Si je pouvais voyager dans le temps, je redeviendrais un enfant, qui court dans son quartier, sans souci, sans stress ni ennui. » Il me traite de petit con en m'embrassant : « tu ne m'attirerais pas sexuellement à cet âge-là. »

Jean reprend la boîte de poison sur l'étagère. Il lit le mode d'emploi. Quant à moi, j'essaie de retirer le couvercle de la boîte qui cède sous ma force. La poudre se répand, en partie, dans l'évier et le reste sur le parquet.

Jean me fixe. Aussitôt, cris, insultes. Il agite les mains en brassant l'air, comme ma mère en colère. Il me passe un savon. Une scène de ménage comme au cinéma. C'est insupportable. Nous restons fâchés toute la journée. Quelques mois plus tôt, le sexe nous aurait réconciliés, maintenant ça ne marche plus. Maintenant, on s'engueule aussi parfois après le sexe.

Novembre 2015, Les attentats de Paris

Je m'isole dans la véranda malgré le froid. Je réfléchis cette fois à partir. Prendre la porte. Mais pour aller où ? Mon visa a expiré. Je suis en situation irrégulière. Je suis incapable de résoudre ce problème par moi-même. Je ne connais personne pour m'aider ni rien aux démarches possibles. Jean ne fait rien, au contraire il en profite pour m'isoler et me rendre dépendant.

Putain, j'ai envie de fuir. Aller à Paris ? J'y trouverai peut-être des gens d'Oran.

Mais Paris est en deuil. Paris pleure ses morts sans éteindre ses lumières. Il y a des morts et des terroristes déterminés à attaquer de nouveau.

À Bordeaux, on a manifesté notre soutien aux victimes.

Un nouveau cauchemar débute. Selon Jean, je ne pourrais plus sortir de la maison à cause de l'attentat du 13 novembre. Il m'ordonne après une explication sommaire de m'enfermer. Jean craint que ma situation irrégulière et ma tête d'Arabe ne lui causent des ennuis : en ville, c'est tendu en ce moment, et les flics sont partout.

— Tiens ! Rien que ce matin, j'ai vu toute une bande contrôler des rebeus. Alors, évite d'aller en ville.

J'obéis.

— Ça va durer longtemps cette histoire ?

— Non, pas plus de quelques jours. Et tout reviendra à la normale. Tu sais, ce n'est pas la première fois que ces bougnouls nous tirent dessus, putain, quand je pense que ces gens ont été élevés avec nos impôts, j'ai envie de flinguer un de ces ratés tout de suite.

— Je suis désolé.

Je me sens coupable sans aucune raison.

— Tu n'y es pour rien, toi, me dit-il après un temps de réflexion.

Une histoire de quelques jours alors… Ça ne me rassure pas.

Je reste séquestré durant des jours, des semaines, des mois. Jean me répète que je ne dois pas quitter l'appartement, qu'il ne pourra rien pour moi.

Je reste affalé sur mon clic clac pendant des heures. Je lis. Je me demande ce que font les gens qui ne lisent pas pour supporter la vie, la vache.

Je regarde des séries télévisées et les films d'Almodovar. J'écoute Kamel Messaoudi, Barbara, Dalida… Je défais le lit. Je refais le lit. Je nettoie le sol, la salle de bains. Je prends de longs bains. Je m'assieds dans le jardin quand il fait beau, dans la véranda. J'écoute les embrouilles de la vieille voisine Bernadette et du concierge, les embrouilles des femmes de Mamadou qui se battent entre elles et leurs enfants qui crient. Les voisins de Jean boivent et crient jusqu'après minuit. L'appartement, plutôt grand et bien entretenu, me semble devenu un putain de cagibi minuscule. Je deviens claustrophobe.

Jean me dit :

— Je sens que tu vas me causer des problèmes.

— Pourquoi dis-tu ça ?

— Parce que je ne veux pas que tu sortes en ville quand je ne suis pas là.

— Mais Jean, je ne peux pas rester dans l'appart toute la journée en attendant que tu rentres du travail, c'est malsain. Je sors, moi, tant pis si on m'arrête, tant pis si on m'expulse comme tu dis, tant pis, tant pis…

— Parce que tu es égoïste, tu ne penses qu'à toi. Pense à moi, qui vais rester seul. Et puis, tu es nourri, logé, blanchi aux frais de la princesse, comme un matou de race ou un oiseau exotique.

— Tu veux m'enfermer, c'est ça.

— Du tout. Seulement, je suis prudent. Je ne veux pas qu'il t'arrive malheur.

Je crie pour la première fois :

— Qu'il m'arrive malheur ! Pas question que je reste à la maison.

Jean crie aussi :

— Looser, ingrat, sale Arabe…

— L'Arabe t'emmerde, il ne fallait pas venir me chercher…

Jean m'offre un livre, il croit se racheter auprès de moi avec son « petit cadeau ! » comme il dit.

Je sais que l'ambiance est incompatible avec mes projets, et mon départ est encore différé.

Je ne regarde presque plus la télé avec Jean. Je ne supporte plus l'accent de Cristina Cordula dans Les Reines du shopping, sa dérision ne me fait plus rire. L'amour est dans le pré ne m'amuse plus. Rien n'est comme avant, rien ne redeviendra comme avant. Je reste stoïque quand Jean se moque de The Weather Girls dans It's raining men. Ou de Bibie qui chante Tout Doucement.

Jean me dit :

— Je ne me souviens pas bien de ma mère, elle est morte il y a vingt ans.

— Moi, pour me souvenir de mon père, il suffit que je me regarde dans une glace. Je suis son portrait craché, me disait toujours ma mère.

Je me tais.

— T'as quelque chose à me donner contre la migraine ?

J'avale un doliprane.

(On est dans le même lit.)

— Dodo maintenant !

— Jean, tu ne me vois plus…

— Tu plaisantes là, dors.

— Dis-moi, tu ne me regardes plus comme avant, hein ?

— Non, mais je rêve… Putain, tais-toi, et dors. Dooooors maintenant, je bosse demain !

Je me réveille la nuit et avale un deuxième cachet, j'ai l'intention d'en avaler d'autres pour pouvoir dormir.

Jean disait toujours qu'il fallait respecter le temps entre les prises, autrement c'est inefficace et ça va détruire ton foie.

Je les avale comme des bonbons.

Le 26 avril 2016

Le vendredi après-midi, j'ai reçu un appel de Kader, il avait l'air joyeux, je me souviens du jour parce que Kader m'a dit que c'était son quarante-cinquième anniversaire.

Le lendemain, je travaille toute une matinée avec lui au marché des Capucins. Kader rit avec tout le monde. Il taquine sa clientèle, il aime papoter avec les vieilles dames.

Kader me paie et me libère juste après.

Dans ma rue, je reste parler avec la vieille Bernadette du 36. Elle va faire sa promenade à Casino. Elle me parle du vieux couple du 5^e^ et de la famille subsaharienne du rez-de-chaussée. La police a arrêté Mamadou, le voisin du 1^er^. Je ne le savais pas.

Je vois Noël, le concierge martiniquais du 36, détacher son vélo. Je lève la main dans sa direction. Il feint de ne pas me voir et s'enfuit en donnant de violents coups de pédale.

Je rentre à la maison sans frapper, je surprends Jean en caleçon, il retire les draps de son lit pour les laver.

Il me dit : « je vais faire une lessive ».

Je ne dis rien. Je suis fatigué, sale.

Sous la douche, des maux d'estomac me plient en deux, comme si j'avais un ulcère.

Je vomis.

Tout me semble malsain, toute l'ambiance devient étrange, incompréhensible. Il me faut du temps pour comprendre ce qui m'arrive. La capote dans la corbeille de la salle de bains, le slip sale oublié sous le lit. Le silence. Les non-dits de Jean. J'ai la tête qui explose.

Jean me trompe avec Noël, le Martiniquais, celui qui emprunte le fer pour repasser ses torchons et ses taies d'oreiller.

Je suis humilié, désemparé. Je me sens méprisé et je ne peux pas affronter Jean. Quoi que je dise, je sais qu'il niera.

Je perds la notion du temps, l'appétit et je multiplie les jeûnes. Je me replie sur moi-même.

Je n'arrive pas à comprendre qu'il me fasse une chose pareille.

Je reste assis sur mon lit, le front sur les genoux, le drap qui me recouvre, des heures sans bouger, je ne peux pas crier, je ne sais pas analyser ma douleur. Je veux m'enfuir. Je veux fuir Jean. L'image de ses mains s'agitant en l'air me soulève le cœur. Je veux sortir de sa vie. Je me connais. Même fou amoureux, je pourrais m'en aller. Je me rebelle : il ne pourra plus sniffer mes caleçons sales qu'il met sous son oreiller, dans son placard, et grève du sexe.

Jean ne tiendra pas plus d'une semaine.

Il me dit : « je vois que tu es content de me voir souffrir, de me priver de ce à quoi j'ai droit. Tu sais qu'il me le faut. Tu le sais et tu me le refuses. – Ah, putain, si j'avais su ! » Il sort dans la rue. Il revient après un quart d'heure. – Dis que tu ne me désires plus ! Regarde-toi, comme tu es jeune et beau ! Et moi, vieux et pauvre, je vais crever tout seul. Je vois la bosse que faisait son sexe en érection. – Viens, viens, viens dans mes bras, ne fais plus ton gamin ! Il me serre contre lui. Je sens la chaleur de son corps contre le mien. Je cède une fois de plus et je me retrouve dans son lit à le prendre sans lavement et ça me dégoûte.

Il ne me parle pas de toute la soirée. Jean est fou à lier.

Octobre 2016

Il pleut. Nous avons attendu longtemps avant de rentrer dans le restaurant.

Stéphane est en face de la baie vitrée. Il prend un apéro. Il vient de Paris. Il se rend à Saintes, où vit sa famille. Avenant, bel homme, charmant français typique, ses yeux sont clairs, les cheveux coupés courts, il a une année de plus que Jean. Ils se sont rencontrés à la faculté de Lettres ici à Bordeaux.

Stéphane, Jean et moi mangeons, buvons, parlons.

Il va voir sa sœur qui est souffrante. Après il rentre à Paris.

Jean et lui sont partis finir la soirée dans un bar. Je suis rentré à la maison seul. À 21 h.

Plus tard, je dis à Jean : « j'ai remarqué que ma présence l'a mis mal à l'aise. » Il me répond : « parce que je ne lui ai rien dit de toi. Parce que nous voir arriver ensemble lui a donné le cafard. » Jean est aux anges. Je ne le comprends plus.

Stéphane m'envoie une invitation sur Facebook que j'accepte, des messages sur Messenger. Assez vite, il me demande des photos intimes (je n'en ai pas). Il m'envoie les siennes. Son corps imberbe, son cul rebondi et poilu, son sexe en érection. Il se fait prendre par un homme bien membré dans une vidéo glauque dans laquelle ils parlent de chatte par-ci, chatte par-là.

J'ai dit non pour des photos de moi. Pas question. Il reste quand même l'ami de Jean. Il demande comment nous nous sommes rencontrés, Jean et moi. Il me dit : « tu ne dois pas bien connaître Jean pour te mettre avec un mec pareil. » J'insiste pour qu'il m'explique. Il ne veut pas en dire davantage.

Il revient tous les ans à Bordeaux début mars. Il conduit un camping-car. Je couche avec lui une semaine après son arrivée, chez nous, rue René Roy-de-Clotte, quand Jean est au travail. Une autre fois dans son camping-car. Il me dit : « j'en étais sûr, les beurs sont bien montés », en prenant mon sexe dans sa bouche.

Je me souviens de la chaleur de ses mains sur ma peau, de la chaleur du soleil.

J'ai eu ma revanche sur Jean, j'ai couché avec son « pote ».

Je prends une douche tout de suite en rentrant. Je crache sur mon image dans la glace de la salle de bains. Je n'éprouve aucun sentiment pour ce garçon. Je ne comprends pas ce qui m'arrive. « Je l'oublierai dans quelques jours » ! me dis-je, en tirant la chasse d'eau.

Je n'ai pas retenu son nom de famille ni le nom de son chien, pourtant il me l'a répété plusieurs fois, un nom étrange.

Il y a longtemps qu'Osman a voulu me violer, mais personne ne m'a fait peur auparavant comme Jean aujourd'hui.

Peur de ne pas bien préparer ses putains de céréales le matin, avec du chocolat, de laisser cramer ses tranches de pain de mie dans le grille-pain, de mal cirer ses chaussures, peur de ses cris, de ses reproches, des brimades.

Je suis en colère, triste, déçu, mais je garde le silence après chaque dispute.

Il y a plus de deux heures que Jean est sorti. Il est parti boire avec une amie. J'entends la musique dans tout l'immeuble. Les rires. Le voisin du premier reçoit ce soir-là. Le bruit des pas sur le plancher est incessant. Ils sont nombreux dans un appartement deux fois plus petit que le nôtre. Les portes grincent. On tire la chasse d'eau de temps en temps. Je m'agite dans mon lit, sous ma couette, je secoue mes oreillers. Je n'arrive pas à dormir.

Je rumine les propos de Jean. C'était tout à l'heure, en faisant du rangement dans des cartons, Jean m'a sorti des photos anciennes, et certaines ont attiré mon attention, des photos de lui et de son frère cadet, quand ils étaient gosses, prises par son père Christian. Du noir et blanc sur un papier gris dans un cadre argenté. « Nous avions beaucoup rigolé ce jour-là… il y a quarante ans déjà, la vie passe vite », il me le dit tristement, « je suis vieux aujourd'hui, laid, pauvre… ». La même rengaine, toujours.

J'arrache ma couette et me lève pour aller sonner chez le voisin. En passant, je ramasse un paquet de Philip Morris sur les marches d'escalier. La porte n'est pas fermée à clé.

Un des invités m'ouvre, sans me saluer, un pétard à la main, et me demande ce que je cherche.

— Je peux parler à mon voisin ?

Il tourne la tête.

— Elliot, Elliot !

Ça va durer jusqu'à cinq heures du matin, peut-être plus.

Une jeune femme, entourant des deux mains son verre, vient me parler.

— Bonsoir.

— Je suis le voisin du dessous.

Mon jeune voisin se présente à la porte. Je marmonne sèchement un bonsoir. Il entoure de ses bras la taille de la jeune femme. Il a l'air inquiet. Je crois qu'il a compris, c'est à cause du tapage. Il est en pantalon noir et chemise également noire, col déboutonné, la cravate dénouée. Il porte des charentaises. Dans son dos, deux filles dansent enlacées.

— On fête le premier taf de mon amie.

— Mais c'est trop fort.

J'entends la porte s'ouvrir à l'étage du dessus et la voisine, en robe de chambre, sort sur le palier, elle se penche au-dessus de la rampe et hurle :

— J'appelle les keufs.

Le jeune voisin éternue. « Bande d'enfoirés, je vous ai dit de baisser le volume ». Il opère un demi-tour et me claque la porte au nez.

Peu de temps après, j'entends du remue-ménage dans les escaliers, les gens partent.

J'ai du mal à m'endormir. J'avale un somnifère. Je le crache tout de suite. Je vais dans la salle de bains pour griller une clope. J'en fume plusieurs. Elles ont un goût amer et me font vomir.

Il est trois heures du matin et Jean n'est pas encore rentré.

Hier, j'ai rêvé de O. Je sens que ma vie est dépourvue de promesses et de jours heureux.

Je n'aime pas la vie, j'aime les gens, mais je leur en veux.

Pourquoi ?

Jean est en vacances pour quelques jours.

Il est toujours en rogne, est en train de se plaindre comme d'hab.

— Je suis plus vieux que toi. Personne ne me regarde dans la rue, contrairement à toi.

— Jean, tu veux que je te mente ? Moi, ce que je vois, c'est que tu n'es pas vieux, ni pauvre comme tu le dis, tu es bien comme beaucoup de français… Tu parles de ton physique, toujours du physique.

Il s'est levé sans rien dire.

Je viens encore de commettre une erreur, impardonnable.

Dans la soirée, j'ai brisé une assiette en lavant la vaisselle.

— Bon à rien ! Tu ne peux pas faire plus attention, putain ?

— Tu fais tout un plat pour une vieille assiette.

— Pour moi, elle avait de la valeur, je l'avais depuis plus de quinze ans.

Plus tard, Jean me rejoint dans mon lit… J'essaie de le comprendre, mais je n'y arrive pas. Il prétend qu'il ne me criera plus dessus, que je suis un grand garçon. Des caresses, des baisers, un câlin, le même mode d'emploi… Tout ça ressemble à des excuses.

Jean lâche des pets au moment de l'amour, ce n'est pas très bandant.

Entortillé dans les draps, je me dis que je ne crois plus en lui ni en ce qu'il dit.

Jean ronfle à mes côtés.

Je ne dors pas le reste de la nuit.

C'est malheureux de voir deux êtres qui se sont tant aimés se déchirer.

Jean m'a toujours imposé le silence. Je ne dois rien dire, je ne peux pas protester, nous sommes chez lui, dans son appart. Je sens qu'il a tous les droits sur moi, et je me laisse faire. Je suis sa chose, le marbre de la table dans la véranda, un écran d'ordinateur, des pantoufles (mon cadeau pour son cinquantième anniversaire).

Il m'appelle « toi ! » tout court, mon nom se résume à trois lettres et pas une de plus. Je ne vaux plus rien désormais. « Tais-toi ! Fais cela, toi ! » « Viens par-là, toi ! » Et de temps en temps : « connard » ! Et moi, je l'appelle toujours « le vieux fou ».

Y a-t-il encore de l'amour ?

Je crois que j'ai aimé un malade.

Souviens-toi, Jean, quand j'étais sur l'autre rive et que tu espérais mon arrivée chez toi.

Souviens-toi, tout ce qu'on s'est dit, toutes nos promesses, nos engagements.

Souviens-toi du manque, de la frustration, comment on faisait l'amour au téléphone.

Souviens-toi le temps de l'attente, l'attente, mais maintenant je suis là, je suis à tes côtés…

Souviens-toi que tu me disais : je t'aime, tu m'écrivais : mon garçon, mon ami.

Souviens-toi de nos appels quotidiens pendant deux ans…

Avril 2017

Souriant, Jean m'offre mon cadeau d'anniversaire, un pull blanc gris, beaucoup de blanc.

Le pull ne me va pas.

Jean va dans la salle de bains. Un vrai bon soleil est de retour. Il y a de l'ombre dans le jardin, des merles et des pigeons, la menthe envahit l'allée de gravillons, il y a des souris qui sortent du mur de la cuisine et disparaissent dans celui de la véranda. Je m'assieds au pied du grand figuier, je ramène mes genoux contre ma poitrine. Je pense à Stéphane qui veut revenir me voir. Il veut que je vienne m'installer avec lui à Paris. Nous avons parlé encore de Jean, de ce qu'il me reprochait, du fait que je lui complique la vie.

Je repense à la pipe dans le hall de l'immeuble, dans la pénombre. Comment ai-je pu ? Comment ai-je eu le courage ?

Il me dit gentiment que je n'ai rien à craindre.

Je suis dos contre le mur. Je baisse ma braguette. Il a une belle bouche, aux lèvres roses. Il est beau en jean. Il sort un flacon de Poppers de sa poche comme la dernière fois. Il avale mon sperme… Il est doux… Plus tard, il me parle de la violence dans les couples homosexuels.

J'ai rêvé de lui courant sur la plage, pieds nus, torse nu. Je crois que j'ai des sentiments pour lui.

Mai 2017, élections de Macron

Je suis interrompu par Jean qui arrive dans la chambre, une serviette autour du cou. Je l'entends allumer l'ordinateur. Quelques minutes après, il jure, il m'appelle.

— Merde, tu m'as niqué mon écran à 250 euros ! Les couleurs sont très claires, mais il fonctionne.

— Jean, j'ai mal à la tête. Je ne veux pas d'une scène. Et puis t'as dit que je pouvais l'utiliser.

— Il m'a niqué mon écran. Il m'a niqué mon écran. Je vais le débrancher. Tu ne touches à rien. Va-t'en ! Je m'étais assis devant l'écran et je ne voulais pas me lever. Il était à côté de moi. Il débranche et rebranche les câbles. Les yeux sur l'écran. Je crains qu'il s'électrocute.

— Putain, ça marche ! Il soupire. Je me suis levé pour aller dans la véranda comme je fais d'habitude. Je murmure : « Comment je peux le quitter, ce taré ? » Il me rejoint dans la véranda.

— Ne fais pas cette tête. Tu devrais connaître ce genre de problème toi, mieux que moi, tu es plus jeune que moi. Et l'informatique, c'est une affaire de jeunes, non ? Nous (il met un temps) les vieux… Je connais la chanson. Il a cinquante ans et patati et patata… Vieux à cinquante ans.

— T'inquiète, c'est normal que tu t'énerves pour l'écran, ça coûte cher. Je connais les prix. Je sors dans la véranda.

Je ne me sens pas bien. J'ai envie d'être ailleurs. Je ne sais plus rien. J'entends la porte vitrée de la véranda s'ouvrir dans mon dos. Je sais qu'il va me baratiner, qu'il me mentira. Et comme un con, je lui pardonnerai. Je suis toujours amoureux de lui.

Nous sommes sortis faire les courses ensemble à Carrefour Market, rue Sainte-Catherine. Jean me parle comme si rien ne s'était passé. Il me parle d'un de ses collègues :

— Il branle que dalle. La cheffe va le virer.

— J'espère que tu n'y es pour rien !

— Tu me traites de balance là. C'est toi la balance.

— Oui, une balance, mais une balance avec un bel engin circoncis, enculé. Jean soupire.

— Tu es irrécupérable. Jean ne sait pas laisser les problèmes du travail au travail. Il faut qu'il les ramène à la maison. Sa cheffe est maligne et fourbe, ses collègues sont de plus en plus fainéants, sa collègue Samia est une débile mentale, une autre collègue d'outre-mer vend du rhum, etc…

Je commence à détester les hommes. Je crois que ma mère avait raison. Je regrette de ne pas avoir accepté ses offres de mariage et de ne pas avoir suivi ses conseils.

— C'est décidé. Je vais partir. N'essaie pas de me convaincre de rester.

— Reste ! Je ne vais pas te supplier.

— Je me sens seul, tout seul.

— Tu dois m'obéir ! (Je dois lui obéir…)

— Je veux que tu restes. Nous nous aimons, mais nous ne nous entendons pas bien, peu importe, c'est la vie de couple, elle n'est pas toujours facile, on se crêpe le chignon, c'est l'amour qui compte finalement. Il veut me prendre dans ses bras, pendant que je fais mes bagages. (Oui, nous nous aimons bien) tout ça, ce ne sont que des mots.

— Et puis que vas-tu faire tout seul, et sans le sou, tu vas devenir fou, mon garçon. (Ah, parle, parle encore, et encore, dis-moi que nous sommes faits l'un pour l'autre, que tu vas changer pour moi, dis-moi que tu m'aimes plus que tout.)

— Mais reste avec moi. Tu sais que je n'ai personne que toi, tu le sais, mon frère ne me parle plus, il ne m'appelle jamais, mon père est mourant. Reste, je ne veux pas te supplier. (N'essaie pas de me retenir, je t'ai démasqué, espèce de fou à lier. Tes mots venimeux, ton charabia mensonger, je m'en moque.)

Je m'en vais, Jean.

J'ai vécu deux ans et dix mois avec Jean.

Je suis parti vers minuit. J'ai passé la nuit, allongé sur un banc place Gambetta.

J'ai laissé à Saïd un message sur Messenger, je veux rentrer à la maison. J'ai reçu sa réponse le lendemain : « Ahmed, don't go home… »

Saïd est rentré au pays il y a des mois, s'inquiète beaucoup pour moi et me laisse des messages à longueur de journée. « Ici aussi, tu seras seul. Tu n'entends pas ce que j'entends à ton sujet. Tu ne vois pas ce que je vois. Tout a changé. Maintenant, ce sont les aînés qui décident, notre mère ne peut rien faire sans les consulter. Ne reviens pas, je t'en prie. »

J'ai choisi de ne pas rentrer à Oran. Je zone à Bordeaux, désespéré, je sens que je vais devenir fou. Heureusement, je rencontre des gars de chez moi dans la rue.

Je partage un squat avec d'autres garçons à la Belle Rose à Bègles. Il n'y a pas d'électricité ni de chauffage, il y a de l'eau courante, mon matelas est posé à même le carrelage, il pue, les couvertures puent, mon sac à dos me sert d'oreiller.

Les autres garçons dorment dans la pièce d'à côté mais ne sont pas encore rentrés. Je n'ai presque plus de batterie, mais je dois continuer à écrire. Les graffitis sur le mur en face de moi ne me distraient pas. Je crois entendre du bruit devant la porte, des voix d'hommes, j'imagine que les garçons sont revenus de la Porte de Bourgogne où ils vendent des cigarettes de contrebande et du shit.

Le lendemain, je ne reste pas avec eux. Je dois m'éloigner. Je vais m'asseoir avec un livre près de la cathédrale Saint-André. Je pense moins à Jean. De vieux messieurs s'arrêtent pour me parler, de vieilles dames aussi. J'aime leurs sourires. Ils sont gentils, eux.

Imprimé en France
Achevé d'imprimer en octobre 2024
Dépôt légal : septembre 2024

Pour

Le Lys Bleu Éditions
40, rue du Louvre
75001 Paris